JACK LONDON

THE CALL OF THE WILD, BÂTARD AND LOVE OF LIFE

野性的呼喚

（另收錄巴塔、熱愛生命）

傑克・倫敦 著

林捷逸 譯

好讀出版

目錄

Table of contents

巴塔

巴塔是個惡魔。整個北方地區都知道這件事，許多人稱呼牠爲「地獄之子」，但是牠的主人布萊克．萊克勒卻爲他取了一個丟臉的名字：「巴塔」。（譯註：源自法文bâtard，意指私生子、雜種）布萊克．萊克勒也是一個惡魔，他們倆正好湊成一對。俗話說兩個惡魔在一起準沒好事。這是可以預料的，尤其是巴塔和萊克勒湊在一塊兒更不用說。初次相遇，巴塔還是發育中的小狗，既瘦弱又飢餓，雙眼滿是痛苦；他們的邂逅是以面目猙獰、狠咬狂吠揭開序幕，因爲萊克勒的上唇像狼一樣翹得高高的，露出一口無情的白牙。他掀起上唇，閃爍著惡毒的眼光，一把抓住侷促不安的巴塔，將牠從狗窩裡拖出來。他們一定是洞悉了彼此的意圖，因爲就在那一瞬間，巴塔立刻用牠稚嫩的牙齒深深咬進萊克勒的手，萊克勒也馬上用他冷酷的五指緊掐小狗讓牠近乎窒息。

「該死。」法國人輕聲說道，同時甩掉被咬的手迅速淌下的血痕，低頭望著躺在雪地上喘息的小狗。

萊克勒轉向六十哩驛站的店老闆約翰・哈姆林說：「我眞是愛死牠了，賣多少錢啊，先生？多少？我現在就買，立刻買下牠。」

萊克勒對牠恨之入骨，於是把牠買下來，還給牠取了一個不堪的名字。隨後的五年，他們的足跡橫越了整個北方險境，從聖邁克爾、育空三角區到坡里河上游，甚至更遠到皮斯河、阿薩巴斯卡和大奴湖，他們之間毫不留情惡意相對的相處模式讓他們聲名遠播，這種關係還不曾在人狗之間發生過。

巴塔不認識自己的父親，也不知道牠的名字，但是約翰・哈姆林知道牠是一隻碩大的灰狼。巴塔依稀記得，母親是一隻狂吠的、好鬥的、猥褻的哈士奇，有著豐滿的臉龐、厚重的胸膛、凶惡的眼睛、像貓一般的堅韌生命，而且還非常的狡詐與惡毒。她沒有信念，也不值得信賴。唯一能期待的就是她的背叛，叢林尋歡更證明了她的墮落本性。巴塔繼承了祖先充滿邪惡與蠻力的血統，也繼承牠們的身軀體格。然後，布萊克・萊克勒出現，沉重的手落在顫動的小狗身上，壓制牠、刺激牠、將牠捏塑成龐大的暴戾野獸，有著無比的狡詐，充滿了憎恨、陰險、惡毒與殘忍。如果碰到好的主人，巴塔或許會成爲一隻平凡又相當稱職的雪橇狗。但是牠沒有這個機會，反倒是萊克勒催化了牠與生俱來的惡劣本性。

巴塔和萊克勒共處的歲月就是一場戰爭史——殘酷無情的五年光陰，他們初次相遇的情形就足以說明一切。剛開始是萊克勒的錯，因爲他厭恨狗的悟性與智慧，然而這隻瘦長四肢的醜陋小狗卻討厭毫無緣由地、靠著本能盲目行事。這時候他們還沒有極其惡毒地相互對峙（以後就會如此），只是野蠻地狂咬與鬥毆。巴塔在一次打鬥中傷了一邊耳朵，牠再也不能夠控制被撕裂的筋肉，從此之後垂落無力的耳朵讓牠牢記這個痛苦，從來不曾忘記。

牠在幼年時期總是一股傻勁的反抗。牠一直被打倒，也一定會反擊，因爲牠的本性就是要反擊。牠是絕不屈服的。即使在鞭抽棍打的痛苦下淒厲尖叫，牠依然掙扎地發出挑釁的怒吼，發自靈魂深處、滿懷報復的恫嚇，完全不怕隨之而來更多的痛毆。牠遺傳了母親的堅韌生命，誰都無法擊倒牠。在悲慘的命運下成長，從飢餓的環境中茁壯，掙扎生存的過程讓牠發展出不可思議的智慧。牠有著哈士奇的鬼祟與狡詐，來自於母親；也有著灰狼的兇悍與膽識，來自於父親。

也許是繼承父親的血統，牠不曾哀嚎慟哭。揚棄了幼犬的尖叫，也揮別了瘦弱的身軀後，牠變得冷酷沉默，毫無預警地快速攻擊。牠會以猛烈咆哮回敬咒罵，以利牙狂咬反擊痛毆，用齜牙咧嘴表達牠的憎恨；但是面對這樣的憤怒，萊克勒不曾感到一絲恐懼或者疼痛。這種不屈的個性只會激起萊克勒更大的憤怒，讓他的暴行變本加厲。

萊克勒老是只給巴塔半條魚，而其他的狗都有一整條，巴塔會起身搶走其他狗的魚。牠還會搶走備糧，表現得惡行惡狀，對所有的狗和主人都是一個可怕的威脅。萊克勒老是毆打巴塔，卻會撫弄著芭比特——芭比特的工作表現根本及不上巴塔的一半——憑什麼呢？於是牠就把母狗摔在雪地上，用強勁的雙顎咬斷她的後腿，逼得萊克勒不得不射殺母狗。諸如此類的血腥鬥爭，使得巴塔成爲狗群隊伍的領袖，牠立下了拖曳雪橇和進食用餐的規矩，而且要牠們遵守這些規矩。

在這五年間，牠曾有一次聽到和善的話語，受到輕柔的拍撫，但是不明白它們代表的意義是什麼。牠就像個未曾馴服的野獸，一躍而起迅速地咬下去。這個對牠和善說話與輕柔拍撫的人是日出鎮的傳教士，是個剛到此地不久的新面孔。不過之後的六個月，美國的親人都沒有收到他的家書，因爲麥奎遜的醫生正跨越兩百哩的冰天雪地，前去搶救感染敗血症的他。

當巴塔緩緩走向營地和驛站，人們和狗群全都會側目盯著牠看。他們抬腳威嚇做勢踢牠，那些狗則是毛髮倒豎露出利齒。有一個人真的朝他踢了下去，巴塔的雙顎如狼吻般倏地咬下，就像捕獸器在男人的小腿上猛然扣住，嘎吱一下深可見骨。男人決定要取牠性命，只見布萊克．萊克勒帶著警告的眼神，亮出獵刀擋在中間。天啊，若是要殺巴塔，萊克勒絕對會把這份快感保留給自己。這情形總有一天會發生，或許到時候又是另外一種狀況，誰知道呢？無論如何，這個問題終究會解決的。

他們對彼此都是個麻煩，呼出的每一口氣都帶給對方挑戰與恫嚇。他們被仇恨緊緊綑綁，容不下任何的關愛。萊克勒全心期待著有一天巴塔的意志會消磨殆盡，然後卑躬屈膝地在他腳邊啜泣。至於巴塔，萊克勒知道牠腦袋裡想的是什麼，他不只一次從巴塔的眼裡看出想法。就因爲他非常明白，所以每當巴塔走到他背後時，他都會轉頭朝巴塔多瞄一眼。

令人訝異的是，有人喊出高價收買這隻狗，萊克勒竟然拒絕。「總有一天你會殺了牠，到時候可就是一筆損失。」有一次，約翰・哈姆林這麼說。當時巴塔剛被萊克勒狠踢一頓，躺在雪地上喘息著，沒有人知道牠的肋骨是否斷了，也沒有人敢上前檢查。

「天殺的，」萊克勒冷冷地說，「這是我的事，先生。」

同樣令人驚訝的是，巴塔並沒有逃走。人們無法理解，但是萊克勒可以理解。他是生活在荒野大地的人，遠離人煙塵囂，他了解風暴的呼嘯、黑夜的預兆、黎明的潺響，白晝的喧鬧。他隱約聽得出綠葉在生長、樹汁在流動、嫩牙在茁壯。他還瞭解動物們微妙的肢體言語，陷阱中的兔子疾聲呼救，陰鬱的烏鴉震翅拍打，灰熊拖著步伐漫步在月光下，野狼閃現的灰影穿梭在林蔭間。對他來說，巴塔表達得既明白又直接。他完全知道巴塔爲什麼不逃走，因此他更常轉頭多瞄牠一眼。

巴塔發怒的時候一點也不會看時機，牠不只一次撲向萊克勒的脖子，也總是被蓄勢待發的鞭子痛打一頓，癱倒在雪地上失去知覺。因此巴塔學會耐住性子。當牠邁入青壯年紀，身體的力量發育成熟，牠認爲時機到了。他有著寬闊的胸膛，強勁的肌肉，異常碩大的體格，從頭到肩長滿濃密的鬃毛——看起來就像一隻純種的野狼。萊克勒正躺在毛毯裡睡覺，巴塔眼見機不可失。牠悄悄地爬向萊克勒，腦袋緊貼地面，向後壓低著那隻可以使喚的耳朵，踏著輕柔的貓步。巴塔放緩了呼吸，非常的和緩，一直爬到男人手邊才抬起頭。牠停頓了一下，看到那褐色皮膚的粗壯脖子，裸露的喉結，隨著平穩的脈搏陣陣起伏。看著眼前的景象，牠滴著口水舔著舌頭，想起那隻垂落無力的耳朵，想起受到無數的痛毆與虐待，牠一聲不響地撲向沉睡中的男人。

利牙刺進脖子的劇痛讓萊克勒霎時驚醒，他是一個精明的動物，腦袋立刻清醒，而且完全瞭解發生了什麼事。他馬上用兩手掐住巴塔的咽喉，翻滾到毛毯外面，用自己的重量壓制住狗。但是，巴塔的祖先們曾經緊緊咬住無數的麋鹿與馴鹿，將牠們拖倒在地，牠也有這樣的技能。當萊克勒壓在身上，牠揮舞後腳往上踢蹬，用力抓過男人的胸部和腹部，劃開皮膚，撕裂肌肉。牠感覺到男人提高身體閃躲，於是緊咬住對方的喉嚨撕扯甩動。狗群靠攏過來，將他們團團圍住不停狂吠，這時候巴塔被掐得喘不過氣，逐漸失去意識，牠知道那些飢餓的狗正等著吃牠。但是才不管那些狗——牠的目標是這個男人，壓在身上的男人，牠不斷踢著抓著，咬著甩著，用盡牠最後一絲的力氣。但是萊克勒的雙手牢牢掐緊，牠用力鼓脹胸膛，激烈掙扎，依然吸不到任何一口氣，接著牠的雙眼呆滯無神，緊咬的雙顎漸漸放鬆，長吐的舌頭變得又黑又腫。

「啊？好傢伙，你這個惡魔！」喉嚨和嘴巴仍冒著汩汩鮮血，萊克勒把這暈頭轉向的狗使勁推開。

他大聲驅趕走那些撲在巴塔身上的狗群。牠們退散成一個大圓圈，機靈地蹲坐在一旁，舔著口水，毛髮直豎。

巴塔很快就恢復知覺，而且當牠一聽到萊克勒的聲音，立刻踉蹌地站起來，虛弱地前後搖晃著。

「啊哈！你這個大惡魔！」萊克勒氣急敗壞地說。「看我怎麼修理你，我要好好地修理你，天殺的！」

新鮮空氣如同烈酒般燒灼著枯竭的肺，巴塔衝向男人的臉，但是撲了個空，牙齒像鐵鉗般猛力一闔。他們在雪地上滾了一圈又一圈，萊克勒瘋狂地揮動拳頭。然後他們分開，面對著面，互相繞著圓圈。萊克勒大可以抽出獵刀，他的來福槍也在腳邊。但是心中的憤怒是如此狂暴洶湧，他寧願用自己的雙手——還有自己的牙齒。巴塔跳了過來，但是萊克勒一拳把牠打倒在地上，然後壓在狗身上，用牙齒狠狠咬上狗的肩膀，傷口深可見骨。

這是一個原始的場景和原始的畫面，只有在古老的蠻荒年代才有可能發生。漆黑森林的空地上，一群齜牙咧嘴、餓狼一般的狗，圍著兩隻怒吼猛咬、瘋狂纏鬥的野獸，氣喘吁吁，汗水淋漓，叫囂對陣，瞠目相視，狂野的情緒，暴烈的殺氣，極盡粗野地撕咬抓扯。

萊克勒朝著巴塔的後腦杓猛揮一拳，將牠打倒在地，巴塔立刻昏厥過去。接著，萊克勒的雙腳踩在狗身上用力踹踏著，就像是要把牠踩到地下去。當萊克勒停下來喘一口氣時，巴克的後腳已經被踩斷。

「啊哈！啊哈！」他聲嘶力竭，說不出話來，一邊揮動拳頭，用那沙啞的喉嚨喊叫著。

但是巴塔沒有屈服。牠無力地倒臥在血泊中，扭曲著嘴唇，沒有力氣發出任何聲音。當萊克勒踢牠時，虛弱的雙顎咬在男人的腳踝上，但是連皮膚都無法刺穿。

萊克勒又撿起了鞭子不斷抽打，似乎要將狗打成碎片，每抽一下嘴裡都喊著：「這次我要打死你！啊？我發誓！我要打死你！」

最後，萊克勒氣力用盡，因爲失血過多而一臉慘白，接著全身一癱，倒在他的施暴對象身旁，當那些狗靠攏過來準備報復巴塔時，他支撐著最後的一點意識，拖著身軀爬到巴塔身上，擋住牠們的利牙攻擊。

這個地點離日出鎭不遠。幾個小時後，傳教士打開門看到萊克勒，他很驚訝地發現巴塔不在狗群隊伍裡。更令他驚訝的是，萊克勒丟下韁繩，從雪橇上抱起了巴塔，蹣跚地走進木屋裡。喜歡四處串門子，從麥奎遜來的醫生剛好在這裡聊天，於是他們過來要爲萊克勒檢查傷勢。

「謝了，不必。」他說：「你們先看看這隻狗。會死嗎？不。牠幹了壞事。

若是其他的狗，早就被我打死。就是牠不許死。」

醫生稱之爲奇蹟、傳教士稱之爲神蹟的，就是萊克勒受到如此嚴重的傷害，竟然還能夠活過來；他的身體非常虛弱，到了春天的時候感染熱病，於是再度躺回床上。巴塔的狀況更差，但是被繩子栓在地板上的那幾個星期，牠死守著性命渡過難關，後腿骨頭癒合了，身體器官也逐漸復原。最後，萊克勒的病況終於好轉，帶著病容與孱弱的身體，走到門外的陽光下，巴塔已經在狗群裡重新取得領導權，不僅統御著自己的雪橇隊伍，還把傳教士的狗也臣服麾下。

萊克勒第一次放開傳教士的攙扶，十分緩慢而小心地坐到三角凳上，他的神色完全沒有改變，甚至連一根毛髮也沒變。

「眞好！」他說：「棒透了！美妙的太陽！」他伸起虛弱的雙手，浸淫在溫暖的陽光中。

接著，他的視線落在那隻狗身上，一如往常的熾烈光芒又出現在眼睛裡。他輕輕碰了一下傳教士的手臂。「神父，牠眞是一大惡魔，那個巴塔。麻煩您拿一枝手槍給我，這樣我才能安心曬太陽。」

就這樣過了許多天，他都坐在木屋門前曬著太陽。他從來不敢打盹，手槍也一直放在膝蓋上。而巴塔，每天的第一件事，就是習慣性地朝那個武器的老位子看一眼。當牠看到那枝手槍，都會微微掀起上唇，似乎表示牠有所領會，而萊克勒也會翹起嘴唇，露齒微笑加以回敬。有一天，傳教士發現他們之間的這個把戲。

「上帝保佑！」他說。「我相信這個畜牲眞的可以理解。」

萊克勒輕笑著。「你看，神父。只要我說話，牠都在聽。」

就像表示讚同似的，巴塔剛好豎起那隻可以使喚的耳朵在聽聲音。

「如果我說『殺』。」

巴塔的喉嚨發出低沉的吼聲，脖子上的毛倒豎起來，身上每一處肌肉都緊繃而蓄勢待發。

「如果我拿起手槍，就像這樣。」話剛說完，他在巴塔眼前亮出手槍。巴塔往旁邊一躍，立刻跑到木屋轉角，消失在眼前。

「上帝保佑！」傳教士不斷說著。

萊克勒得意地露出笑容。

「但是牠爲什麼不逃走？」

法國人聳一聳肩，這意味著他可能一無所知，也可能完全瞭解。

「那麼，你爲什麼不殺了牠？」

他又聳一聳肩。

「神父，」他停頓了一會兒，然後說：「時候還沒有到。牠是一個大惡魔。有時候我會修理牠，這個混帳，把牠揍得慘兮兮的。嗯？有時候。狠狠修理一頓！」

有一天，萊克勒把他的狗集合起來，搭上小船沿著四十哩河前往豪豬鎮，在那裡接受了太平洋海岸公司的委託，接下來的一年，他們大部分的時間都在四處奔波探勘。從那時候起，他們沿著科尤庫克河往北到極圈市，然後輾轉向南，經過一處又一處的營地，穿過整個育空地區。在這漫長的幾個月裡，巴塔遭受許多教訓。牠嚐到不少苦頭，特別是飢餓的磨難，乾渴的磨難，火燒的磨難，其中最糟糕的，就是音樂的磨難。

跟牠的同類一樣，巴塔一點也不喜歡音樂。音樂讓牠極度苦惱，使牠的神經緊綳，幾乎要把牠身上每一處纖維都撕扯開來。音樂讓牠不禁吼叫起來，就像在霧濛濛的夜晚，狼群對著星辰長嗥一樣。牠無法克制地狂吼。這是牠與萊克勒對峙時的一項弱點，也是牠的恥辱。另一方面，萊克勒則是熱愛音樂——就像他熱愛飲酒一般。當他的心靈滿漲著極欲宣洩的情緒時，通常會選擇其中一種方式，然而更常的是兩件事都做。只要他喝醉之後，腦子裡會響起輕快的旋律，心中的惡魔會甦醒雀躍，他的靈魂便會發出終極聲響來折磨巴塔。

「現在讓我們來一點音樂，」這時候他會說，「啊？你覺得如何，巴塔？」

這只是一把陳舊破爛的口琴，被他耐心修好而且細心保存著；但這是他唯一買得起的一把口琴，透過銀色的吹口，他吹奏出不可思議的流浪之歌，是人們從來都沒有聽過的曲調。於是，巴塔閉緊喉嚨，咬緊牙根，一吋吋地往後退，直到木屋裡的最遠角落。萊克勒一直吹啊吹的，手臂夾著一根短棍，也一吋吋地、一步步地跟著這隻動物，把牠逼到無路可退。

剛開始，巴塔盡可能縮緊身體，匍匐在地板上；但當音樂的聲音愈來愈近，牠會受不了地站立起來，背緊貼著圓木牆，前腳在空中拼命揮舞，好像要驅散那刺耳的聲波。這時候，牠依然緊咬著牙齒，但是肌肉開始猛烈地收縮，就像在抽搐和痙攣，直到翻滾在地上，全身顫抖不已，默默承受著折磨。因爲失去控制，雙顎就像發病似地扭曲微張，喉嚨深處發出顫鳴，一種人耳無法聽見的低頻。接著，牠的鼻子伸長，眼睛瞪大，無法抑制的狂熱讓全身毛髮直豎，於是發出長長的狼嗥。連串急促的上揚音調，暴增爲驚心動魄的狂吼，再轉爲悲傷的降聲嗚咽逐漸消逝——接著又是節節高升的急促連音；爆出狂吼；然後是無限的憂傷與哀慟，減弱、淡出、沉落，漸漸消逝。

這簡直是讓牠受盡折磨。萊克勒有如魔鬼般的心眼，似乎能夠洞悉巴塔內心的不安與情緒的起伏，這長聲的慟訴、顫抖與哀怨嗚咽，透露了極少數讓這隻狗會感覺到的痛楚。這種痛楚影響非常巨大，直到二十四小時以後，巴塔依然顯得神經緊張和精神衰弱，牠會被平凡的聲響嚇一跳，被自己的影子絆一跤，但是另一方面，對待狗群伙伴則是更爲蠻橫殘暴。然而牠一點也沒有喪失意志，反倒是更加陰沉，更爲不可思議地耐心等待，開始對著萊克勒深思算計著。這隻狗可以躺在火光下，幾個小時動也不動，滿懷憤恨地直直注視著萊克勒。

這個男人時常覺得自己一直在對抗生命獨特的本質——絕不屈服。這種本質驅使著隼鷹從天空凌空而下像是披著羽毛的閃電，驅使著大灰雁勇往直前飛越極地，也驅使著洄游產卵的鮭魚投身到兩千哩波濤滾滾的育空河裡。在這時候，萊克勒覺得自己是被驅使著——表現出絕不屈服的生命本質；當他大口喝酒，吹奏狂野曲調，再加上眼前的巴塔，他沉醉於浩瀚的狂妄氣氛中，用自己微不足道的力量傲視萬物，挑戰著所有逝去的、既存的、以及未來的事物。

「一定有某種東西，」當他腦子裡的奇幻旋律觸動了巴塔的神秘共鳴，引發那可笑的長聲哀嚎，他是如此確定。「我用雙手將它釋放出來，就像這樣。哈！哈！眞是有趣！非常有趣！教士們在歌頌，女人們在祈禱，男人們在立誓，小鳥們在吱吱叫，而巴塔，哎唷哎唷地哀嚎起來——原來都是同一回事。哈！哈！」

高弟爾神父，一位受人尊敬的教士，曾經告誡他說，他會因爲自己的許多惡行而被打入地獄。神父後來再也不曾如此訓斥他。

「也許眞會如此，我的神父。」他回答。「而且我認爲，如果將我打入地獄，就像把鐵杉丟進火堆，是吧，我的神父？」

不論上天堂或下地獄，事情終有結束的一刻，對萊克勒而言也是一樣。趁著夏日的枯水期，他划著搖桿船離開麥克杜格前往日出鎮。在麥克杜格的時候，他是和提摩西・布朗一起出發的，但到了日出鎮，只剩下他一個人。而更早之前，人們曾看到他們倆在離開岸邊前就發生了爭執；三天之後，晚了他們二十四小時出發的麗齊號——一艘冒著蒸氣、十噸重的輪船，撞到萊克勒在河面漂流的小船。將萊克勒接上大船後，發現他肩膀上有一個清晰可見的彈孔，他解釋說他們遭到埋伏與槍擊。

日出鎮因爲淘金潮變得熱鬧非凡，情況有了明顯的變化。鎮上湧進數以百計的淘金客，烈酒氾濫，賭徒聚集，傳教士眼看著這些年來自己在印第安族群裡的努力成果付諸東流。女人們全心全意爲那些單身淘金客不斷烹煮食物，男人們用自己溫暖的獸毛皮件換取一瓶瓶的烈酒和破舊的手錶，傳教士跪到床邊，默念了幾次「上帝保佑」，然後結清了帳款，提著一口粗糙的長箱子離開日出鎮。接著，賭徒們把他們的輪盤和牌桌搬進了傳教士的房子，屋裡傳出丟擲籌碼的喀啦聲響與碰撞酒瓶的叮噹聲音，從日出到日落，從深夜到清晨。

而提摩西．布朗在這些北方淘金客的眼裡是一個受歡迎的人物。他唯一的缺點是脾氣暴躁與愛動拳頭——這是小事，因爲他的心地仁慈以及樂於助人，足以彌補他的缺點。另一方面，布萊克．萊克勒就沒有任何足以彌補的好印象。他可以說是聲名狼籍，人們記得的都是他令人討厭的行爲，他是遭人痛恨的，而另一個人則是受人愛戴的。所以，日出鎭的人在爲他受傷的肩膀敷上藥後，便把他拖到林區法官的面前。

這是很簡單的一次公審。他在麥克杜格與提摩西．布朗發生爭執。他與提摩西．布朗一起離開麥克杜格。到了日出鎭，提摩西．布朗就消失無蹤。有鑑於他的惡劣本性，於是大家一致的結論是他殺了提摩西．布朗。萊克勒承認大家眼前看到的事實，但是對於他們的結論提出異議，他有自己的一番解釋。在日出鎭外二十哩處的石岸河道，他和提摩西．布朗撐篙坐船前行。這時候，岸邊傳來兩聲槍響。提摩西．布朗跌到河裡，冒著汩汩鮮血漂流而去，這是他看到提摩西．布朗的最後一眼。而他，萊克勒，則是肩膀感到一陣劇痛後跌到船底。他保持安靜地躺著，朝著岸邊偷偷望去。過了一會兒，兩個印第安人探出頭，向著岸邊走出來，一起抬著一艘獨木舟。當他們開始划動獨木舟，萊克勒飛也似地站起來。他朝著一個印第安人開槍亂射，這個人像提摩西·布朗一樣跌進河裡。另一個人倒在獨木舟裡，然後獨木舟與撐篙船就一同順著河水向下漂流。接著他們流經分叉的河道，獨木舟漂向河中小島的一側，而撐篙船則是在另一側。這是他最後一次看到獨木舟，然後就一路漂到日出鎮。是的，從那個印第安人倒在獨木舟的樣子看來，萊克勒確信自己擊中了他。這就是他的說辭。但是這番解釋並沒有被採信。他們給了十個小時的寬限時間，然後派出麗齊號去尋找證據。十個小時後，麗齊號冒著蒸氣回到日出鎮，最終沒有發現任何蛛絲馬跡。沒有證據可以支持他的說辭。他們要萊克勒立下遺囑，因爲他在日出鎮還擁有五萬五千塊錢的債權，他們是制定法律的人，也是遵守法律的人。

萊克勒聳聳肩。「但是，有一件事。」他說：「對你們來說是一件小事，拜託行行好，幫我一個小忙就好。我把五萬五千塊錢送給教堂，然後把我的哈士奇狗，那隻叫做巴塔的，送給魔鬼。就這一個小忙？你們先絞死牠，再絞死我。不錯吧，啊？」

的確是不錯，他們同意，這個地獄之子應該比他的主人先踏上黃泉之路，於是法庭移到河岸邊，有一棵雲杉矗立的地方。司萊瓦特・查理在一條拖繩尾端打了絞刑的繩結，繩套滑過萊克勒的頭，在他的脖子上拉緊。他的雙手反綁在背後，被人扶著站到一個餅乾箱子上面。然後繩子的另一端繞過上方的一根樹枝，拉緊後牢牢固定住。只要踢掉腳底下的箱子，他就會被吊在半空中。

「現在輪到那隻狗了。」說話的是韋伯斯特・蕭，以前是一個採礦技工。

「你要用繩子把牠套起來，司萊瓦特。」

萊克勒露齒而笑。司萊瓦特塞了一口菸草到嘴裡，用繩子打了一個滑套，從容不迫地在手上纏了幾圈。他中斷了一兩次動作，用力揮趕臉上惱人的蚊子。每個人都在揮趕蚊子，除了萊克勒，在他頭頂上飛舞的蚊群看起來就像一朵小雲。即便是巴塔，伸展著身軀躺在地上，也在用牠的前掌從眼睛和嘴巴上趕走這些討厭的小蟲。

但是當司萊瓦特等著巴塔抬起頭時，遠方傳來微弱的呼喊，可以看見一個人揮舞著他的手臂，從日出鎮穿越沼澤地往這個方向跑過來。那是驛站的店老闆。

「住手，各位。」他氣喘吁吁地走進人群中。

「小珊蒂和伯納達特剛到鎮上。」他緩了緩呼吸解釋說。「他們在下游登岸，走捷徑趕過來。他們捉住了比佛。他在獨木舟裡，困在隱蔽的水道上，身上有幾處槍傷。另一個印第安人是克洛克・庫茲，就是那個把老婆揍得全身瘀青後就跑掉的人。」

「啊？我不是說了嗎？啊？」萊克勒得意揚揚地喊著。「一定就是他！我知道。我說的是實話。」

「現在該做的事就是要教一下這些該死的印第安人，什麼是做人的規距。」韋伯斯特・蕭這麼說。「他們變得懶散又莽撞，我們一定要挫一挫他們的銳氣。讓集合所有的印第安人，把比佛這個現成的教材給綁起來。這就是現在要做的。我們看看他有什麼話要說。」

「嗨，先生！」眼看著人群在微光下朝著日出鎮散去，萊克勒呼叫說：「我也很想看看這有趣的場面。」

「喔，等我們回來後再爲你鬆綁。」韋伯斯特・蕭回頭喊著。「你用這段時間好好想一想你的惡行，還有上帝的教誨。這對你是好事，你應該要滿懷感謝。」

因爲早已習慣面對險惡的處境，而且神志清醒又耐心十足，於是萊克勒把自己安頓下來開始漫長等待——應該說是調適心境來等待。他的身體完全沒辦法調適，因爲緊繃的繩索迫使他必須直挺挺站著。只要腿部的肌肉有一絲的放鬆，粗糙的繩結就會拉緊脖子，然而直立的姿勢讓他的肩傷更爲疼痛。他伸著下唇朝臉上呼氣，以便趕走眼睛上的蚊子。但是目前的處境是有所回報的。能夠從死亡邊緣撿回一條命，受一點皮肉之苦也非常值得，唯一遺憾的是他會錯過比佛被絞死的畫面。

他靜靜地沉思，直到眼光偶然落在巴塔身上，看到他把頭埋在前掌之間，趴在地上睡覺。於是萊克勒停止空想。他仔細研究這個動物，想盡辦法去察覺牠是眞的睡著了，還是只是在裝睡。巴塔的側腰規律地起伏著，但是萊克勒覺得牠的呼吸頻率太快了一點；他也覺得巴塔的毛髮似乎保持著一種警覺與機靈，只是在假裝熟睡而已。他願意用盡他在日出鎮的所有財產，換來保證這隻狗不是醒的，有一次，他的關節發出喀啦的聲響，他立刻緊張地望著巴塔，看牠是否會抬起頭來。巴塔並沒有抬頭，但是幾分鐘後，牠慵懶地慢慢站起來，伸了一個懶腰，然後小心翼翼地看著萊克勒。

「天殺的。」萊克勒暗自說著。

確定附近沒有任何動靜後，巴塔坐了下來，掀起上唇就像在微笑一般，然後抬頭瞪著萊克勒，一邊舔著嘴巴。

「我的末日到了。」這男人說，然後冷冷地笑出聲。

巴塔靠近過來，受傷的耳朵依然垂掛著，可以使喚的那隻耳朵向前直豎，帶著某種惡意的領悟。牠一副嘲弄意味地把頭撇向旁邊，踏著做作俏皮的步伐。他用身體輕輕擦碰著箱子，弄得箱子不斷晃動。萊克勒小心地隨之搖晃，以便保持平衡。

「巴塔，」他沉著地說：「小心點，我會殺了你。」

巴塔用咆哮回敬這番話，然後用更大的力氣搖動箱子。接著牠站立起來，藉著身體的重量用前掌推動箱子的高處。萊克勒伸出一隻腳踢牠，但是繩結勒住了脖子，猛然把他拉住，讓他差一點失去平衡。

「嘿，你這個孬種！走開！」他大叫。

巴塔往回走，大約走了二十呎左右，表現出一副壞透了的輕浮舉止，萊克勒絕對不會看錯。他記得這隻狗經常會在冰面裂縫旁，抬起身體，用全身重量踏碎冰渣；就因爲記得這個景象，所以他知道巴塔的腦子裡現在在想什麼。巴塔轉過身後停了下來。牠咧嘴微笑，露出白白的牙齒，萊克勒也報以微笑；然後，牠的身體猛然向前衝出，用盡全部的力量，朝箱子撞去。

十五分鐘之後，司萊瓦特．查理和韋伯斯特．蕭走回這裡，在陰暗的光線下隱約看見一個來回晃動的鬼影。他們趕緊跑過來，看到的是那個男人毫無生氣的軀體，那隻狗就在旁邊，撥弄著、撕咬著軀體，搖著它一直擺盪。

「嘿，你！這傢伙！地獄之子！」韋伯斯特．蕭吼著。

但是巴塔怒目相視，發出威脅的低吼，依然緊咬著雙顎。

司萊瓦特．查理拿出他的左輪手槍，但是他的手不斷地顫抖，就像被寒氣凍著似的，顯得笨手笨腳。

「手槍給你。」他說，然後把武器遞了過去。

韋伯斯特・蕭笑了幾聲，然後把槍移到發亮的雙眼間瞄準，扣下板機。巴塔的身體隨著槍聲抽動了一下，又搖晃了一會兒，然後突然倒了下去。但牠的牙齒仍舊緊緊咬著。[1]

1 〈巴塔〉發表於一九〇二年，原篇名為〈惡魔——一隻狗〉，一九〇四年更名為〈巴塔〉。一九〇三年傑克・倫敦創作〈野性的呼喚〉時，原本是想寫成與〈巴塔〉搭配的狗故事。

野性的呼喚

第一章　進入蠻荒

流浪奔躍的古老渴望，
極力掙脫習慣的鎖鏈；
沉睡的記憶不曾遺忘，
再次喚起野性的展現。

巴克不會看報紙，否則牠會知道麻煩的事就要來了，不只是牠的麻煩，從普吉特灣到聖地牙哥的沿海地帶，每一隻體魄強健、毛長耐寒的狗都要有麻煩了。

因爲在晦暗的北極寒地進行探勘的人發現了黃金，而輪船公司和運輸公司也大力鼓吹這項發現，於是成千上萬的人開始湧向北方。這些人都需要狗，他們需要體格結實的狗，強壯的肌肉有助於幹粗活，厚重的皮毛則可以抵擋風雪。

巴克住在陽光普照的聖塔克拉拉谷的一處大莊園，這是米勒法官的家。房子座落在馬路後方，被樹林半遮掩著，隱約可見房子四周圍繞著寬廣陰涼的迴廊。幾條碎石車道蜿蜒穿過大片草坪，在枝條交錯的高聳白楊樹下通往房子前面。

房子後面還比前面更爲廣闊。那兒有幾座大馬廄，十多個馬伕與孩子們在談天說地，幾排爬滿藤蔓的佣人小屋，許多整齊排列的庫房，長長的葡萄棚架，翠綠的牧草地、水果園和莓果圃。還有裝了抽水機的流水井，旁邊的大水池是米勒法官的孩子們早上戲水、午後消暑的地方。

巴克統治著這個大莊園。牠在這裡出生，已經長到四歲。實際上，這裡還有其他的狗。這麼大的地方不可能沒有其他的狗，不過牠們都不重要。

這些狗兒來了又去，有的住進擁擠的狗屋，有的隱身在房子深處，就像那隻日本巴哥犬托茲，或者墨西哥無毛犬伊莎貝爾——這些奇怪的動物絕少將鼻子伸出戶外，或者把腳踏在泥土地上。另外還有獵狐梗犬，少說也有二十隻，每當托茲和伊莎貝爾躲在一群拿著掃把和抹布的女僕後面，透過窗子往外瞧的時候，就會遭到牠們挑釁的咆哮。

但是巴克既不是房子裡的寵物，也不是狗屋裡的過客。整個莊園都屬於牠。牠和法官的孩子們一起跳進水池游泳，或者結伴出外打獵；牠會陪著法官的女兒茉莉與愛麗絲，在落日或晨曦下漫步閒逛；寒冬夜裡，在書房的熊熊爐火前，牠會靠在法官腳邊躺下；有時候，牠會讓法官的孫子們騎在背上，或者一同在草地上打滾，還會守護著他們前往馬廄附近的噴水池探險，甚至到更遠的小牧場和莓果圃。

牠在梗犬群裡威風凜凜地昂首闊步，對於托茲和伊莎貝爾則是根本不屑一顧，因為牠是王者，統治了米勒法官家裡一切地上爬的、天上飛的東西，甚至包括人。

牠的父親艾默是一隻體型碩大的聖伯納，曾經是米勒法官形影不離的伙伴，巴克頗有繼承父親衣缽的架勢。牠不像父親一般碩大，體重只有一百四十磅，因為牠的母親謝波是蘇格蘭牧羊犬。儘管只有一百四十磅，但是優裕生活與普受敬重帶給牠的尊貴地位，讓牠表現出十足的皇室風範。

從出生至今的四年光陰過得都是富足的貴族生活，牠自視甚高，甚至有一點自負，就像是有一些見識不廣的鄉下紳士那般。但是牠沒有讓自己變成嬌生慣養的看家狗。打獵和戶外嬉戲控制了脂肪的累積，也練就了一身強壯的肌肉。跟其他喜歡泡水的動物一樣，牠熱愛戲水，把它當作滋補健身的良方。

這是一八九七年秋天巴克的生活方式，當時克朗代克的淘金熱，吸引來自世界各地的人們前往冰封的北方。但是巴克不會看報紙，而且也不知道曼威爾這個園丁助手是個不可靠的人。曼威爾有一個改不掉的惡習，他愛賭中國牌。而且賭牌的時候，他有一個揮之不去的弱點——深信可以算牌，這讓他註定深陷泥沼。因爲這樣的賭法會花掉大筆金錢，然而園丁助手的工資都已經養不活一個老婆和一堆兒女了。

在曼威爾暗地搞鬼的那個難忘的夜晚，法官去參加葡萄種植協會的會議，孩子們正忙著組織一個運動社團。沒有人看到他和巴克穿過水果園走到外面，巴克以爲只是出去散步。除了那個隱身偏僻處跟他們碰面的男子，沒有人看到他們走到一個叫作大學公園的小車站。那個人和曼威爾交談，然後兩人之間傳出錢幣叮噹聲響。

「你得先把這東西綁好再交給我。」陌生人粗聲粗氣地說，曼威爾就用一條結實的繩子在巴克的項圈下套了兩圈。

「扭緊這裡，就可以讓牠喘不過氣來。」曼威爾說，陌生人咕噥一聲地答應了。

巴克泰然地接受這條繩子。說實在地，牠還真不習慣這樣子；但是牠學會信賴自己熟識的人，相信他們的智慧是自己望塵莫及的。但是當繩子交到陌生人的手裡，牠就咆哮威嚇起來。

牠只是在表達自己的不悅，在牠自負的信念裡，咆哮就是發出命令。但是讓牠吃驚的是繩子緊緊勒住了脖子，幾乎沒有辦法呼吸。牠勃然大怒地跳向陌生人，男子稍一閃身，扣緊牠的喉嚨，巧妙一轉便將牠翻倒在地。接著繩子毫不留情的收緊起來，巴克吐著舌頭猛力掙扎，巨大的胸膛無助地起伏著。牠的生命中從未遭受如此無禮的對待，也從未如此感到忿怒。牠的力量逐漸耗盡，眼前一片漆黑，當火車依著旗號停下來，兩個人合力把牠丟進行李車廂時，牠已經沒了知覺。

等到回復意識，牠依稀感覺到舌頭的疼痛，察覺到自己正在某一種交通工具裡顛簸著。當火車發出嘶啞的氣笛聲通過平交道，牠立刻明白自己身在何處。牠經常隨著法官四處旅行，對於坐在火車行李車廂的感覺已經非常熟悉。牠睜開眼睛，就像被綁架的國王流露出無法抑遏的忿怒眼神。那個人跳過來要扯住牠的喉嚨，但是巴克動作更快。牠一口咬住他的手，緊緊不肯放鬆，直到牠再度被勒昏過去。

「嗯，狂犬病發作。」那個人把咬傷的手藏了起來，一面向聽到吵鬧聲前來查看的行李員解釋說：「我替老闆把牠帶到舊金山去，那裡有個頂尖的狗醫生說可以治好牠的病。」

※　※　※

在舊金山海濱一間酒館後面的小房間裡，男子訴說著自己在當晚旅程裡的委屈。

「我才拿到五十塊錢。」他抱怨說：「以後就算給我一千塊也不幹了，真是難賺。」

他的手包著沾滿血跡的手帕，右腿的褲管從膝蓋以下都被撕破。

「另外那個傢伙拿了多少？」酒館的老闆問。

「一百塊。」他回答說：「一分錢都不少，我敢發誓。」

「那麼一共是一百五十塊錢了。」酒館老闆算了一下：「牠值得這個價碼，要不然我就是笨蛋了。」

男子解開血跡斑斑的包紮，看著血肉模糊的手說：「萬一得了狂犬病……」

「那就是你註定要死。」酒館老闆笑了起來。「來，在你動身以前，幫我個忙。」他補了一句。

雖然暈頭轉向，喉嚨和舌頭疼痛難耐，脖子又被勒得半死，巴克仍舊試圖反抗。但是牠一再被扳倒、勒到喘不過氣，直到粗重的銅項圈被銼開，繩子被拿掉，然後被扔進一個獸籠似的木板箱子。

牠躺在那裡度過疲憊的下半夜，撫慰著憤怒的情緒和受傷的自尊。牠無法理解這一切是怎麼回事。這些陌生人到底要對牠做什麼？他們為什麼要把牠關在這個狹窄的箱子裡？牠不明白為什麼，但是隱約感覺到自己大難臨頭。

夜裡有好多次，每當聽到房門嘎啦一聲被打開，牠就跳了起來，希望看到的是法官，或者至少是孩子們。但是每一次都是酒館老闆那張臃腫的臉，在昏黯的燭光下悄悄靠近盯著牠看。所以每一次，巴克顫動喉嚨正準備發出愉悅的吠聲，全都硬生生地轉為粗野的狂吼。

酒館老闆並沒有招惹牠。第二天早上，四個男子進來準備抬起木板箱子。都是一些壞傢伙，巴克心裡這麼認定，因為他們長相邪惡，衣衫襤褸，還頂著一頭蓬鬆亂髮；於是牠在箱子裡對著他們狂吠。這些人只是大笑，用棍子戳牠，巴克猛撲過去咬住棍子，直到發現這只是在戲弄牠。牠忿忿地躺下，任憑他們將箱子抬進一輛篷車。

從此開始，牠被關在這個箱子裡，展開了漫長的轉運旅程。先是貨運公司的職員把牠登記下來，接著送往另一輛篷車，然後再和許多箱子與包裹裝進貨車登上渡輪，貨車離開渡輪後開進一座大火車站，最後牠被放置在一列快車上。

經過兩天兩夜，呼嘯的火車頭拖著列車向前奔馳；在這兩天兩夜，巴克既沒得吃也沒得喝。盛怒之下，牠對著好意前來查看的列車員咆哮，結果他們也以戲弄作爲報復。當牠顫抖身體、口吐白沫地朝著木板猛衝，他們就不斷嘲笑和捉弄。他們像討厭的狗一樣汪汪叫，又學貓一般喵喵叫，還拍打著胳臂學雞咯咯叫。

巴克知道這些都是無聊的把戲，卻因此讓牠的尊嚴更受傷害，牠簡直怒不可遏。牠已經不在乎飢餓，但是沒有水喝讓牠飽受煎熬，憤怒的情緒漲到頂點。由於精神緊繃而又敏感，這些惡劣的行徑令牠暴躁不堪，舌頭和喉嚨就像著火似的乾渴腫脹。

唯一值得慶幸的是：脖子上的繩子已經拿掉。繩子讓那些人佔了上風，現在繩子除去，一定要給他們顏色瞧瞧。牠下定決心，絕對不能讓他們再把繩子套在自己脖子上。兩天兩夜沒吃沒喝，這個折磨讓牠累積了滿腔的怒火，無論誰出現在眼前都會得罪牠。血紅的雙眼佈滿殺氣，牠蛻變成暴怒的惡魔，這種改變恐怕連法官都認不得牠了。當那些列車員在西雅圖把牠卸下火車時，也全都鬆了口氣。

四個人小心翼翼地把木板箱子從篷車抬進一個圍牆高聳的小後院。一個強壯的男人，穿著鬆垮的紅羊毛衫，走出來在車伕的簿子上簽了字。巴克預料，這是接下來要找牠麻煩的人，於是兇猛地撞著木板。這個男人冷酷地笑一笑，然後拿出一把斧頭和一根棍子。

「你該不會現在就要把牠放出來吧？」車伕問。

「當然！」那人回答，同時拿起斧頭開始將木板箱子撬開。

剛才抬箱子的四個人立刻散開，爬到牆頭安全的地方等著看好戲。

巴克衝向裂開的木板，用牙齒狠狠咬住，猛烈扭扯。牠緊跟著斧頭在箱子外面的移動，對著它瘋狂吼叫，十分焦躁地想衝出去，穿紅羊毛衫的男人則是沉著地準備放牠出來。

「來吧，你這個紅眼妖魔。」當他撬開一個巴克足以穿過的缺口後，嘴裡這麼說著。同時他丟下手中的斧頭，將木棍換到右手。

這時候的巴克的確像個紅眼妖魔，牠蹲低姿勢準備躍起，毛髮直豎，口吐白沫，血紅的雙眼散發狂烈的光芒。兩天兩夜壓抑的情緒猛然爆發，一百四十磅暴怒的身軀朝著那個人直撲過去。牠跳在空中，幾乎咬中那人的時候，突然遭到猛力一擊，身體霎時癱軟，兩排牙齒痛苦的緊閉起來。牠翻了一個觔斗，重跌在地上。

牠從來沒有被棍子打過，所以不知道這是怎麼一回事。牠發出嚎叫，狂吠中帶著更多的嘶吼，然後起身再次跳向空中。接著又挨了一記，依然不支倒地。這一次牠明白是那根棍子在作怪，但是狂亂中牠顧不了那麼多。牠一連進攻十多次，全都被棍子擊退，打倒在地。

受到特別猛烈的一擊後，牠掙扎起身，頭暈目眩讓牠再也無法進攻。搖搖晃晃站不穩腳步，鼻子、嘴巴和耳朵淌著鮮血，牠美麗的皮毛都噴濺沾滿了斑斑血跡。那個人不慌不忙地走過來，朝牠鼻子用力打了下去。前面重擊的痛楚，絕比不上這次來得劇烈。牠像獅子般怒吼一聲，再次撲向那個人。但是男人把棍子交到左手，右手冷不防地抓住牠的下顎，立刻向後翻轉。巴克在空中劃了一圈半，然後倒栽蔥地摔落地上。

最後一次，牠又衝了上去。那個人揮出等待已久的致命一擊，巴克癱倒在地，完全失去知覺。

「真不愧是馴狗高手，從來沒有看過這麼精采的一幕。」牆頭上的一個人熱烈喊道。

「我寧願被叫去馴馬，要我禮拜天去馴兩次也行。」馬伕回他的話，然後爬上篷車，趕著馬離開。

巴克恢復了意識，但是沒有恢復體力。牠就躺在倒下的地方，瞪著穿紅羊毛衫的男人。

「『叫牠巴克就行了。』」男人自言自語唸著信裡的這句話，酒館老闆請他代售貨品的那封信。「好了，巴克，我的孩子。」他用溫和的聲音說：「我們有一些小爭執，現在最好就讓它過去了。你已經明白自己的地位，我也知道我的。做一個聽話的狗，那麼一切事情都會順利。要是做個壞狗，我會把你開腸剖腹，瞭解嗎？」

男人一邊說著，一邊用手拍著那個曾經被他無情毒打的腦袋。巴克被手一觸不禁寒毛直豎，但也毫不抵抗忍了下來。那人拿水給牠的時候，牠急切地大口狂飲，隨後還從那人手中囫圇吞下了大量的生肉，一塊接著一塊。

牠知道自己被打敗，但是並沒有被馴服。牠完全理解到，面對拿棍子的人是沒有任何機會的。牠學到這個教訓，在此後餘生從來不曾忘記。那根棍子是上天的啓示，讓牠見識到支配蠻荒世界的法則，而且這才只是序曲。現實生活有更爲殘酷的樣貌，牠要喚醒所有潛藏的狡猾本能，才能毫無畏懼地面對這樣的殘酷。

日子一天天過去，又來了其他的狗，有關在木板箱子送來的，也有綁著繩子牽來的，有些溫順服貼，有些像牠一樣暴怒狂吼；下場全都一樣，牠看著牠們一個個臣服在紅羊毛衫男人的支配下。一次又一次，當牠看著這粗暴的場面，心裡又會記起相同的教訓：拿棍子的人主宰一切，雖然不必巴結奉承，卻是必須服從的主人。關於不巴結奉承，牠可以問心無愧，倒是看過有些被打敗的狗舔著男人的手搖尾乞憐。牠也看過一隻狗，既不奉承也不服從，最後在爭鬥當中被打死。

不時有陌生人來找穿紅羊毛衫的男人談話，有些激動，有些諂媚，各種不同說話的樣子。在這時，每當錢幣在他們之間交遞，陌生人就會帶走一隻或幾隻狗。巴克納悶牠們是去什麼地方，因爲牠們從來沒有回來過；但是牠對自己的未來感到強烈的恐懼，每次沒有被選走，牠都爲自己感到高興。

然而這一刻終究會到來。那是一個瘦小的男人，說著一口蹩腳的英語，還夾雜許多奇怪又粗俗的話語，巴克無法理解他在說些什麼。

「天殺的！」當他的眼睛停在巴克的身上，他驚呼道：「這可是一隻超棒的狗！啊？多少錢？」

「三百塊，算是半買半送了。」穿紅羊毛衫的男人立刻回答。「反正花的是政府的錢，你也不痛不癢，對吧，皮羅特？」

皮羅特咧嘴笑著。考慮到需求量異常高漲，狗的價錢都直衝雲霄，對於這麼一隻好狗來說價錢算是公道了。加拿大政府一向強硬，運送文件可不能慢吞吞的。皮羅特懂得狗，他一看到巴克就知道，這是千中選一的好狗——「應該是萬中選一吧。」他心裡這麼評估著。

巴克看到錢幣在他們之間交遞，然後牠和可麗——一隻溫馴的紐芬蘭犬，一起被瘦小的男人帶走，牠並不感到意外。這是牠最後一次看到那個穿紅羊毛衫的男人，而當牠和可麗站在納華號甲板上看著西雅圖漸漸遠去，這也是牠最後一次看到溫暖的南方。

牠和可麗被皮羅特帶到船艙下面，交給一個叫作弗朗索瓦的黑臉大漢。皮羅特是法裔加拿大人，皮膚曬得黑黑的；而弗朗索瓦是法裔加拿大人和印第安人的混血，皮膚更是黑了一倍。

對巴克來說，他們是新的一種人（命運註定牠將見到更多這種人），即使不會對他們產生濃厚感情，但卻越來越打從心底尊敬他們。因爲牠很快就知道皮羅特和弗朗索瓦是正派公道的人，判斷是非的時候冷靜且沒有偏見，他們太瞭解狗的習性，不會上當。

在納華號的夾艙裡，巴克和可麗與另外兩隻狗待在一起。其中一隻是來自史皮茲卑爾根島的雪白大狗，原本是被一位捕鯨船的船長帶出海，後來跟著一支地質探勘隊到過北方荒漠。牠看起來和善，其實不可信賴，牠的笑臉背後是在思索著陰險的把戲，比如說吃第一餐的時候，牠就偷走了巴克的食物。當巴克準備跳過去懲罰牠時，弗朗索瓦的鞭子已經凌空響起，搶先打在偷竊者身上，但食物已經一點也不剩，巴克只拿回骨頭。但弗朗索瓦是公正的，巴克這麼認定，從此這個混血兒在牠心裡愈加得到尊敬。

另外一隻狗既不表示友善，也不搭理別人；牠不會從新來的狗那兒偷走食物。牠是個憂鬱孤僻的傢伙，而且還對可麗明白表示，牠最希望的就是不要被打擾，如果誰來惹牠就會有麻煩。牠叫做戴夫，每天除了吃飯和睡覺，其他時間呵欠連連，對什麼事都不感興趣，甚至在納華號穿越夏洛特皇后灣時，洶湧大浪把牠們拋得翻來覆去，牠也無所謂。當巴克和可麗變得神經緊繃，因爲害怕而有些激動時，牠只是不悅地抬起頭來，毫不關心地看了牠們一眼，而後打個呵欠繼續睡覺。

日以繼夜，輪船隨著推進器永不停歇的節奏震動著，每天的日子幾乎沒有差別，但是巴克明顯感受到氣候一直在變冷。最後，有一天早晨，推進器停止了，納華號充滿著一種騷動的氣氛。牠和其他的狗都感受到這種氣氛，而且知道生活即將有所變化。弗朗索瓦爲牠們繫好繩帶，把牠們帶到甲板上。

第一步踏在冰冷的甲板上，巴克的腳陷進像泥巴一樣柔軟的白色東西裡面。牠哼的一聲跳了回去。許多這種白色的東西從天空落下，牠甩了一甩，但是接著又有更多落在牠的身上。牠好奇地嗅了一下，舔了一些在舌頭上。那東西像火一般刺激舌頭，然後立刻消失，這令牠非常迷惑。牠又試了一口，結果還是一樣。圍觀的人哄然大笑，讓牠覺得很難爲情，不明白人們爲什麼要笑，這是牠第一次看見雪啊！

第二章　棍子與利牙的法則

巴克在岱雅海岸的第一晚就像一場惡夢，時時刻刻都受到衝擊與震撼。牠是突然從文明的世界被拉到最原始的地帶，再沒有陽光和煦的慵懶生活，也不再會閒散的無所事事。這裡不講和睦，沒有鬆懈，甚至沒有一刻是平靜的。一切都在混亂和打鬥之中，身體和生命隨時會遭受危險。任何時候都必須保持警覺，因爲這些狗和人可不是城市裡的狗和人。他們全是野蠻的傢伙，不講任何律法，憑的就是棍子與利牙。

牠從沒見識過這裡的狗那種像狼一樣的打鬥方式，而第一次的經驗就給了牠難以忘懷的教訓。當然，這只是在旁感同身受的體驗，否則牠是無法活著學到這個教訓的。受害的是可麗。牠們在圓木堆附近紮營，可麗對一隻哈士奇友善地獻殷勤，這狗的身材就像成年的狼，但是還不及可麗的一半。毫無預警下，這狗如閃電般跳了上去，鋼鐵般的牙齒猛力一咬，接著迅速跳了開來，可麗的臉頰從眼到顎已被撕裂。

這是狼的打鬥方式，攻擊然後跳開，但不只是如此而已。三、四十隻哈士奇狗跑了過來，團團圍住交戰的雙方，一聲不響又虎視眈眈地注視著。巴克無法理解牠們爲何如此沉默專注，更不明白牠們舔著嘴的饑渴模樣。可麗衝向她的對手，而牠又再度攻擊然後跳開。當她第二次衝向前去，牠以一種獨特的方式用胸部將她撞倒。她再也無法站起來，這正是虎視眈眈的哈士奇等待的一刻。牠們全都靠攏到她身上，咆哮著，狂吼著，而她被埋在林立的狗群下痛苦哀嚎。

事情發生得如此突然，如此意外，讓巴克感到震驚。牠看見史皮茲開懷地伸出鮮紅舌頭；接著看見弗朗索瓦揮舞著斧頭跳進大快朵頤的狗群。另外三個人拿了棍子幫他驅散那些狗。這不需要花太多時間。可麗倒下的兩分鐘後，最後一隻襲擊她的狗都被打跑了。然而，她躺在滿是鮮血、橫遭踐踏的雪地上，全身癱軟沒了氣息，幾乎被撕成了碎片，那皮膚黝黑的混血兒站在旁邊大聲咒罵。

這一幕景象住後經常出現在巴克的腦海裡，把牠從睡夢中驚醒。事情就是這樣，沒有什麼公平不公平的。一旦倒下，你的性命就沒了。是的，牠務必不能讓自己倒下。史皮茲又伸出舌頭嘲笑著，從那一刻開始，巴克就一直對牠痛恨至極。

牠還沒有從可麗死亡的陰霾中恢復過來，接著又受到另一個衝擊。弗朗索瓦在牠身上綁了一件有皮帶和金屬扣子的裝備。這是一套輓具，牠曾在法官家看過馬伕套在馬身上。就像牠看過馬匹如何被趕著工作，牠也被趕去工作，拖著弗朗索瓦乘坐的雪橇到那沿著山谷的森林裡，然後載著柴薪回來。要像牲口一樣拖曳著工作，無疑是徹底傷害了牠的尊嚴，不過牠夠聰明，知道反抗不得。牠忍氣吞聲做好自己的工作，即使這些工作對牠來說是完全生疏的。

弗朗索瓦對牠們發號施令，他要求狗兒立即服從，也因爲手中的鞭子讓他得到完全的服從。戴夫是個老練的押陣狗，每當巴克犯錯時就會咬牠後腿。史皮茲是領頭狗，同樣經驗豐富，當牠咬不到巴克的時候就會尖聲斥責，或者熟練地用身體扯動韁繩，將巴克拉回該走的方向。

巴克學得很快，在兩個伙伴與弗朗索瓦的調教下，牠有明顯的進步。在回到營地之前，牠已經學會聽到「喝」就要停止，「走」就要前進，轉彎的時候要繞大圈，當重載的雪橇從後面快速滑下山坡時要讓路給押陣狗。

「三隻都是絕佳的狗。」弗朗索瓦對皮羅特說：「巴克這傢伙，拉得眞是賣力，我再沒有教過比牠學得更快的狗了。」

到了下午，皮羅特趕著上路遞送文件，回來時又帶了兩隻狗。他叫牠們「比利」和「喬伊」，是一對兄弟，都是純種哈士奇。雖然是同一個母親生的，但是牠們的個性有如白晝與黑夜般的差異分明。比利的毛病就是過度和善的個性，喬伊則完全與牠相反，脾氣暴躁又孤僻，帶著兇惡眼神不停咆哮。

巴克熱絡地迎接牠們，戴夫則是不理不睬，而史皮茲準備把牠們一個個打倒在地。比利搖著尾巴想討人歡心，發現不管用時調頭就跑，當史皮茲的利牙咬住牠的側腰時，牠又乞饒地嗚咽了起來。而無論史皮茲如何繞著圈子，喬伊都面朝向牠跟著旋轉，毛髮倒豎，耳朵壓低，顫動嘴唇發出低吼，雙顎迅速開合著，眼睛閃著兇殘的光芒——這表示牠已經準備交戰。牠的模樣如此可怕，史皮茲只得放棄原本想要教訓牠的打算；爲了掩飾自己的困窘，牠轉向搖著尾巴、好對付的比利，將牠驅趕到營地之外。

到了傍晚，皮羅特又弄來另外一隻狗，一隻老哈士奇，又長又廋而且憔悴，臉上盡是打鬥留下的傷疤，剩下的一隻眼睛散發著驍勇的光芒，讓人不得不敬畏三分。牠叫做索列克，意思是「狂暴的傢伙」。就像戴夫一樣，牠既不要求也不施予，更不期待任何事；當牠從容走進狗群時，甚至連史皮茲都不敢招惹牠。

牠有一個禁忌，很不巧的讓巴克第一個發現。牠不喜歡人家靠近自己瞎眼的那一邊，而巴克無心觸犯了，當索列克突然轉過身來，在牠肩頭狠咬一口，留下足足有三吋長的血淋淋傷痕，深可見骨，牠才驚覺自己的冒失。從此以後，巴克都會避開牠瞎眼的那一邊，牠們之間也沒有再發生什麼麻煩事。索列克唯一的要求和戴夫一樣，就是不要去招惹牠；而巴克後來才明白，牠們倆心裡都有一個可以說是更爲生死攸關的抱負。

那天晚上，巴克面臨睡覺的大難題。帳棚裡點亮了燭光，照映在雪白的大地上顯得非常溫暖；牠視爲當然地鑽了進去，皮羅特和弗朗索瓦立刻朝牠大聲咒罵並且丟擲鍋盤，在一陣驚慌失措後回過神來，牠狼狽地逃到寒冷的帳棚外面。冰冷的寒風吹打在身上，受傷的肩膀尤其感到刺痛。牠躺在雪地上試著入睡，但是酷寒的天氣讓牠全身凍得發抖。難受而又鬱悶，牠在眾多帳棚之間遊走徘徊，所有地方都是同樣的寒冷。到處都有野狗向牠衝來，牠豎起鬃毛大聲咆哮（牠很快就學會這一招），野狗們也就不敢騷擾，讓牠通過。

最後，牠想起來了。牠應該回去看看伙伴們是怎麼睡覺的。讓牠吃驚的是，牠們全都消失得無影無蹤。牠穿梭在營區裡，遍尋不著，於是又回到原地。牠們在帳棚裡嗎？不，絕不可能，否則牠就不會被趕出來了。那到底牠們會在哪裡？

牠夾著尾巴，身體不斷發抖，毫無頭緒地繞著帳棚，模樣十分淒慘。忽然，腳底下的雪崩裂開來，牠陷了下去。有東西在腳底下蠕動著，牠趕緊跳開，嚇得寒毛豎立、連聲狂叫。但是一聲親切的低吠讓牠鬆了口氣，於是走過去探個究竟。一股溫暖的熱氣撲鼻而來，雪堆下一個緊緊蜷曲的身子，比利躺在那裡。牠嗚咽著求饒，甚至爲了表達善意，冒險伸出濕熱的舌頭舔起巴克的臉頰。

又上了一課，原來牠們是這麼睡覺的呀！於是巴克自信滿滿地挑了一塊地方，接著一陣忙亂，浪費不少力氣，終於爲自己掘好一個洞。不用多久，體熱就溫暖了這個侷促的空間，牠酣然入睡。經過漫長而艱苦的一天，雖然不時在惡夢中發出嚎叫，掙扎著身軀，牠還是舒服地呼呼大睡。

到了早晨，牠被營地上發出的喧嚷聲響吵醒，這才睜開眼睛。剛開始牠還不知道自己身在何處。整個夜裡都在下雪，牠完全被埋在雪堆下。雪堆將牠緊緊包覆，強烈的恐懼席捲而來——那種野獸對於陷阱的恐懼。

這是一個徵兆，牠在自己的生命中傾聽到祖靈的呼喚。因爲牠是來自文明世界的狗，一隻過度文明的狗，在牠的經驗裡根本不知道有陷阱這一回事，所以原本不可能對它產生恐懼。全身的肌肉本能地抽搐起來，脖子和兩肩的毛髮直豎，牠兇猛地大叫一聲，直直躍起到刺眼的陽光下，身上的雪像閃亮的雲朵般散落開來。還沒站穩腳步以前，牠看到白色的帳棚散佈在眼前，立刻想起自己身在何處，而且，從跟著曼威爾出去散步的那時候起，一直到昨晚爲自己掘洞，這一切的經過牠都記了起來。

看到巴克出現，弗朗索瓦大聲歡呼。「我不是說過嗎？」這個趕狗人向皮羅特喊叫說：「巴克這傢伙學什麼都快呀！」

皮羅特認眞地點點頭。身爲加拿大政府的信使，肩負重要的文件，他渴望得到最好的狗，所以擁有巴克讓他特別高興。

一個小時之內，又有三隻哈士奇加入隊伍，現在總共有九隻狗，不到一刻鐘的時間，牠們全都套好輓具，在雪道上奔馳，朝著岱雅溪谷前進。巴克很高興要出發了，雖然工作吃力，但是牠發現自己並不特別討厭這樣工作。讓牠吃驚的是驅動著整個隊伍的熱切氣氛，牠也被感染到了。更令牠吃驚的是戴夫和索列克的變化。牠們一套上輓具完全變了模樣，原來的消極被動和漠不關心全部消失，牠們變得機靈而勤奮，熱切地要把工作做好，任何耽擱或慌亂場面阻礙了工作，牠們就會焦躁發怒。拖曳著韁繩似乎是牠們生存的極致表現，也是牠們生活的目標，是唯一讓牠們感到喜悅的事。

戴夫是壓陣狗，在牠前面的是巴克，再來是索列克；其他的狗串在前面排成一行，直到領頭狗，那是史皮茲的位置。

巴克是被故意放在戴夫和索列克中間，這樣牠可以得到指導。牠是個聰明的學徒，而牠們則是稱職的老師，不允許牠在錯誤裡蹉跎太久，牠們會用利牙給牠教訓。戴夫公正又精明，不會無緣無故咬巴克，但是必要的時候也不會遲疑。弗朗索瓦的鞭子就是牠的靠山，巴克明白與其報復回去，不如修正自己的行爲來得划算。

有一次，短暫的停留之後，牠讓韁繩纏在一起，耽誤了出發時間，戴夫和索列克全都撲了過去給牠一頓狠狠的懲罰。結果韁繩弄得更亂了，不過從此之後巴克就會小心不讓韁繩纏住；這天結束以前，巴克對自己的工作已經駕輕就熟，伙伴也不再對牠斥責。弗朗索瓦的鞭子愈來愈少劈啪作響，而皮羅特甚至讓巴克得到一份榮耀——捧起牠的腳來細心檢查。

這是辛苦的一天，沿著峽谷，通過綿羊營區，越過斯蓋爾山和森林線，跨過冰河和幾百呎深的積雪，然後來到奇爾科分水嶺，這是矗立在鹽海與淡水之間，看守著北方荒野的門戶。他們沿著一連串死火山口形成的湖泊快速前進，當天深夜趕到班奈特湖的湖口一處大營地，這裡有數以千計的淘金者在建造木舟，準備在春天融冰之後使用。巴克在雪地上為自己掘好洞窩，疲憊不堪地倒頭就睡。但是隔天清早，天還沒亮，牠和伙伴們又被套上雪橇出發上路。

那一天，雪道是結實的，他們趕了四十哩路；但是第二天，還有接下來的好幾天，他們必須要自己開出雪道，工作格外辛苦，速度也變得緩慢。通常，皮羅特會在隊伍前面，用加了網蹼的雪靴把地面踏實，好讓他們容易通過。弗朗索瓦則是掌握雪橇的舵桿，有時候會與皮羅特交換位置，但是不常如此。皮羅特很趕時間，況且他為自己對於冰雪的認知感到自豪，這些知識是不可或缺的，因為秋天有些冰層很薄，而且水流急速的地方根本沒有結冰。

巴克辛苦拖著雪橇，一日接著一日，好像永無止盡。他們總是破曉之前就拔營，當時晨的第一道陽光照亮時，他們已經搶在雪道上趕了好幾哩路。而且，總是在天黑之後才紮營，吃著一小塊魚，然後鑽進雪堆下睡覺。巴克一直覺得餓。每天分到一磅半的鮭魚乾，絲毫無法填滿肚子。牠從來沒有吃飽的感覺，一直遭受著飢餓的折磨。但是其他的狗，因爲體重比較輕，而且打從出生就過著這種日子，所以每天只吃一磅的魚，還是能夠維持良好的狀態。

牠很快就拋棄了過往生活的講究個性。牠發現如果細嚼慢嚥，伙伴們誰第一個吃完，就會來搶牠還沒吃完的魚。這沒有辦法防範。因爲當牠擊退了兩、三隻狗，剩下的魚早就被其他的狗呑下肚。爲了避免這種情形，牠吃得和牠們一樣快；因爲極度的餓餓，牠也毫無顧忌地搶奪別人的食物。看到別的狗怎麼做，牠也學著這麼做。

牠看見派克，一隻新來的狗，擅於裝病和偷竊，乘著皮羅特轉過身的時候，狡猾地偷走一片培根肉，第二天牠便如法炮製，弄到一整塊肉。這件事引起一陣騷動，但是牠沒有受到懷疑，反倒是另一隻常被抓到的笨傢伙達布，爲巴克的行爲頂罪受罰。

第一次的偷竊顯示巴克適合在嚴酷的北方環境中生存。這顯示了牠的適應能力，能夠跟隨環境的變化調整自己的能力，若是缺乏這種能力，不用多久就會面臨悲慘的死亡。這更顯示了牠的教養逐漸崩解淪喪，因爲在無情的生存奮鬥中，教養不但沒有益處，還會造成阻礙。在南方講究愛與友誼的律法下，尊重個人的所有權與個人感受是再好不過的事；但在北方，憑的就是棍子與利牙，誰還考慮這些事就是笨蛋，如果直到現在還遵守這些教條，牠就無法生存下去。

這並不是巴克經由思考得到的結論。牠只是順應環境，僅此而已，不知不覺將自己融入新的生活模式。在以往順遂的日子裡，無論獲勝的機會有多少，牠從不在打鬥中退卻。然而，紅羊毛衫男人的棍子，把更爲基本、更爲原始的法則打進牠的腦海裡。

在文明教化下，牠可以因爲道德情操而甘願受罰，比如說接受米勒法官用馬鞭抽打；現在，牠會揚棄道德約束以便逃避鞭打，這足以顯示牠完全回歸野性了。牠不是爲了找樂子而去偷竊，而是因爲飢餓使然。牠不會公然搶奪，而是暗地使詐去偷，這是遵循了棍子與利牙的法則。總之，牠做了這些事，是因爲去做比不去做來得容易生存下去。

牠的進化（或者說是倒退）非常快速。牠的肌肉變得如鋼鐵般堅強，對於一般的痛楚已經毫無感覺。牠全身從裡到外都可以作最有效的運作。

牠可以吃任何食物，不論多麼難聞或者難以消化的東西；而且吃下去後，胃液就可以萃取出其中最細微的養分，再由血液運送到身體最遠的地方，造出最強健的筋骨組織。牠的視覺和嗅覺變得非常靈敏，聽覺發展得尤其敏銳，睡覺時可以聽到最輕微的聲音，加以分辨是否有危險的徵兆。牠學會用牙齒把腳趾間的結冰咬掉；口渴的時候，牠會在結凍的水窪上尋找厚厚的冰渣，伸直強壯的前腳將它搗碎。

牠最出色的本領，就是在前晚嗅一嗅空氣，就可以預知第二天的天氣。因此無論挖掘洞窩時天氣有多平靜，當寒風開始吹起時，都可以發現牠找的地點總是在背風處，妥切掩蔽而又溫暖。

牠不僅在經驗中學習，沉睡已久的本能也再度被喚醒。歷經多代豢養的馴服個性已經從牠身上消失。牠朦朧記起自己種族的早期生活，回溯到成群野狗穿過山林、追殺獵物的原始年代。牠毫不費功夫就學會狠咬、撕裂、像狼一樣迅速突擊的戰鬥技巧，古早的祖先們就是用這種打鬥方式。喚醒的本能使牠加速回歸原始生活，刻印在種族遺傳裡的古老技巧成為牠的技巧。這些技巧自然而然地展現，好像與生俱來一般。在寂靜的寒夜裡，當牠對著繁星像狼一般仰天長嗥，那是化為塵土的祖先們的身影，穿越無數世紀的時空，透過牠的身軀對著繁星仰天長嗥。牠的音律就是祖先們的音律，傾訴著牠們對於艱苦、寒冷與黑暗的怨嘆。

因此，生命就像一齣木偶劇，古老的悲歌在牠身上澎湃宣洩，讓牠回歸原始的自我，這全是因為人們在北方發現了黃金，因為曼威爾這個園丁助手微薄的工資不夠養活他的妻小。

第三章　原始野性的統治慾

原始野性的統治慾在巴克心中原本就是強烈的，在拖曳雪橇的艱苦生活下，這股慾望更是日漸茁壯。然而這是一種隱密的茁壯。牠新生的狡猾個性，讓自己可以巧妙權衡與自我控制。牠忙著調整自己，以便安然適應新生活，所以不會主動挑起戰端，甚至盡量避免戰端。足夠的深思熟慮是牠的特色。牠不會輕率魯莽地貿然行動；雖然牠與史皮茲之間有著深仇大恨，但是完全不會透露出一絲焦躁，也迴避所有的挑釁行爲。

另一方面，也許史皮茲預料到巴克是一個危險的競爭對手，因此牠不放過任何機會施展自己的利牙。牠甚至會刻意找巴克麻煩，不斷試圖引發戰端，好在打鬥中分個你死我活。若不是一樁料想不到的災難，也許這場生死之鬥早已發生。

那天行程結束後，牠們在勒巴許湖畔一處崎嶇荒涼的地方紮營。刺骨寒風刮起雪花，就像白熱的刀鋒割在身上，再加上四周漆黑一片，只能勉強摸索著找到紮營地點。牠們幾乎沒有遇過這麼糟糕的處境。牠們後方聳立著懸崖峭壁，皮羅特和弗朗索瓦只好在結冰的湖面上升起營火，鋪上牠們的蓋毯。爲了旅途輕便，牠們把帳棚留在岱雅。幾根浮木當作生火的柴薪，不久就被融冰浸滅，牠們只能在黑暗中用餐。

巴克在一塊岩石後方準備好自己的窩。溫暖又舒適的一個洞窩，當弗朗索瓦將烤好的魚分配給大家時，牠甚至不想起身離開。但是當巴克吃完配糧走回去時，發現牠的窩被人霸佔。一聲警示的吼叫告訴牠入侵者是史皮茲。直到現在，巴克都在避免與牠的敵人發生衝突，但是這次太過份了。內在的野性發出怒吼，牠發狂地撲向史皮茲，讓自己和對方都吃了一驚，尤其是史皮茲，因爲與巴克相處的經驗告訴牠，這個對手是隻異常膽小的狗，只是憑著較大較重的身軀才能支持到今天。

弗朗索瓦也吃了一驚，當牠們從塌陷的洞窩跳出來糾纏在一起，他大概猜出是什麼原因導致衝突。「唉！」他朝著巴克喊說：「給牠吧，我的老天！給牠算了，那個齷齪的小偷！」

史皮茲相當樂意。牠十分狂烈而又激動地咆哮著，同時來回轉著圈子想找機會跳進洞裡。巴克同樣激動，同樣謹愼小心，而且同樣來回轉著圈子要搶先機。就在這個時候，意外發生了，牠們爭奪霸權的戰爭因此中斷，延遲到還要經過許多艱辛遙遠的路程之後。

一聲咒罵從皮羅特那兒傳來，伴隨著木棍擊中骨架的響亮聲音，還有一聲刺耳的痛苦哀嚎，揭開了這場群魔亂舞的混戰。營地裡突然湧進毛茸茸的潛行隊伍——四、五十隻飢餓的哈士奇，從某處印第安人的村落嗅到營地的氣味而來。牠們趁著巴克與史皮茲打鬥的時候溜進營地，而且當兩個男人拿著結實的木棍跳進狗群間時，牠們還亮出牙齒大膽反擊。牠們爲食物的氣味感到瘋狂。

皮羅特看到一隻狗正把腦袋埋進食物箱裡，於是棍子重重打在那削瘦的骨架上，食物箱也被翻倒在地。在這一瞬間，十多隻飢餓的畜牲爭搶著麵包和培根肉，根本不在乎棍子打在身上。棍如雨下讓牠們哀嚎大叫，但是依舊瘋狂搶食，直到最後一丁點的麵包屑也被掃光。

這個時候，受到驚嚇的雪橇狗也從洞窩裡跳出來，但是全被這些殘酷的入侵者給盯上。巴克從來沒有見過這副模樣的狗，骨頭幾乎要從皮膚下爆裂出來。牠們只剩骨架子，披著鬆弛骯髒的皮毛，掛著熾烈的雙眼，還有滴著口水的牙齒。瘋狂的飢餓讓牠們變得如此可怕和無法抑遏，根本不可能與牠們相抗衡。

第一波攻擊，雪橇狗被逼退到峭壁前。巴克被三隻哈士奇包圍，才一轉眼，牠的頭和肩就被撕扯咬傷。到處都是嚇人的嘈亂，比利一如往常嗚咽起來；戴夫與索列克勇敢地並肩做戰，身上十多處傷痕正淌著鮮血；喬伊像個惡魔似的狂咬。有一次，牠的利牙咬中一隻哈士奇的前腿，猛力一啃把對方骨頭都給咬碎了。接著，會裝病的派克跳到這個跛腳動物的身上，牙齒飛快一閃，猛力一扯，把牠的脖子給扭斷。巴克咬住一個吐著白沫的敵人喉嚨，當利牙插入對方脖頸時，被噴濺得一身是血。嘴裡嚐到溫熱鮮血的滋味，刺激牠變得更加兇猛。牠跳到另一個敵人身上，就在此時，牠感覺到有利牙想咬進自己的喉嚨。那是史皮茲，好一個背叛者的從旁偷襲。

皮羅特與弗朗索瓦趕走營地裡的狗群後，快跑過來搭救牠們的雪橇狗。那些飢餓的野獸如狂潮般，在牠們面前席捲而去，巴克也獲得解脫，但是沒有維持多久的平靜。兩個人再次被迫回到營地搶救食物箱，那些哈士奇又回過頭來攻擊雪橇狗。比利害怕極了，一股作氣跳過兇猛的圍攻，朝著結冰的湖面奔逃而去。派克和達布追隨在後，其餘的雪橇狗相繼跟上。當巴克站穩腳步準備跟著伙伴跳過重圍時，牠從眼睛餘光看見史皮茲朝著自己衝過來，擺明想要打倒牠。在這一大群哈士奇的面前，要是倒下去就絕無生機。於是牠挺住身軀抵擋了史皮茲的攻擊，然後跟上湖面的逃跑隊伍。

過了一會兒，九隻雪橇狗聚集在一起，進到樹林尋找掩蔽。雖然沒有被繼續追擊，但是卻陷入窘迫的困境。每一隻狗都至少傷了四、五處，有一些傷勢還極爲嚴重。達布的一條後腿受了重傷。朵麗，在岱雅的時候最後加入的一隻哈士奇，喉嚨被嚴重撕裂。喬伊瞎了一邊眼睛，好脾氣的比利則是被咬裂了一隻耳朵，整夜都在啜泣。

黎明時分，牠們小心翼翼地一跛一拐走回營地。掠奪者全都散去，兩個人情緒低落。他們的食物損失了一大半。那些哈士奇嚼碎了雪橇綑帶和帆布罩。事實上，任何像是能吃的東西都躲不過這些掠奪者的啃食。牠們吃掉皮羅特一雙鹿皮內裡的軟靴，韁繩外面的皮塊，甚至弗朗索瓦的鞭子前梢也被咬掉兩呎。他正憂傷地凝視自己的鞭子，這時回過神來，仔細檢查受傷的雪橇狗。

「啊，我的朋友們。」他溫柔地說：「被咬得這麼厲害，也許會把你們變成瘋狗。也許都會變成瘋狗，天殺的！喂，你看怎樣辦，皮羅特？」

那個信使不安地搖搖頭。距離道森還有四百哩的旅程，要是狂犬病在狗兒之間散播開來可就不妙了。經過兩個小時的咒罵和努力，終於整理好那些輓具，受了傷而行動僵硬的雪橇狗再次出發，在這段困難重重前所未見的路徑上痛苦地奮力前進，因爲路況如此之差，這也是到達道森之前最艱辛的一段旅程。

這條三十哩河相當廣闊，急湧的河水擋住了冰雪風霜，只在迴流處和死水灘才有結冰。經過六天筋疲力竭地辛苦掙扎，才走完了這可怕的三十哩路。牠們的每一步都心驚膽顫，狗和人都冒著生命危險。在前面帶路的皮羅特有十多次踩破冰橋掉了下去，全靠帶在身邊的長桿救了自己，他橫拿著桿子，所以掉下去時撐住了洞口。天氣愈來愈冷，溫度計顯示零下五十度，爲了性命要緊，每次落水後，他不得不升起一堆火烤乾衣服。

沒有任何事可以讓他退縮。正因爲如此，他被選爲政府的信使。他甘冒各種危險，毅然決然地將滿佈皺紋的瘦小臉龐投入風雪中，從黎明到黑夜一直辛苦趕路。他沿著險峻河岸走在冰層上，腳下的浮冰不斷搖晃嘎啦作響，他們不敢在上面多停半腳。有一次，雪橇陷落到破冰下，戴夫和巴克也跟著落水，被拉上來前已經凍得半死，險些溺斃。照例必須升起火來救牠們。牠們全身被冰牢牢包覆，兩個人要牠們繞著火堆跑，一邊流著汗，一邊融著冰，因爲靠火太近，牠們的毛都燒焦了。

另一次則是史皮茲掉了下去，把後面整隊的狗也拖了下去，一直到巴克。牠使盡力氣往後拉，前掌踏在滑溜的冰緣，四周的冰層不斷顫動爆裂。不過，戴夫在牠後面，一樣使勁往後拉，然後雪橇後面是弗朗索瓦，拉得筋骨劈啪作響。

又一次，沿岸冰層全都碎裂開來，除了爬到崖壁頂上，根本無處可去。當弗朗索瓦正祈禱著奇蹟發生，皮羅特就奇蹟似地想出辦法；他將皮帶、綑帶和所有韁繩繫成一串長索，再把狗一隻隻拉到崖頂。雪橇和貨物也都拉了上去，最後才是弗朗索瓦。接下來要找地方下去，也還是只能藉著這條長索才能下到崖底。當他們重新回到河岸，天色已晚，這一天他們才走了四分之一哩的路程。

到達胡塔林卡之後，冰層已經變得好走。但是巴克累壞了，其他的狗也一樣；而皮羅特要彌補失去的時間，逼牠們一大早出發、很晚才休息。第一天他們走了三十五哩路來到大鮭河；第二天又走了三十五哩路來到小鮭河；第三天四十哩，眼看就快到達五指急流營地了。

巴克的腳不像哈士奇那般結實強健。自從最後一個野地祖先被穴居人或河岸居民馴服後，經過世代的演化，牠的腳已經變得柔軟。因此牠整天都在疼痛中跛腳行走，到了紮營的時候，就躺在地上一動也不動。雖然餓腸轆轆，也不願起來拿牠的那一份魚，弗朗索瓦只好送到牠面前。

這個趕狗人每天晚餐後，都會花個半小時替巴克搓揉腳，還用自己軟皮靴的一塊鹿皮，爲巴克做了四隻雪靴。這眞是莫大的舒解，有一天早上，甚至還逗得皮羅特皺巴巴的臉也露齒微笑，因爲弗朗索瓦忘記給巴克穿上靴子，牠四腳朝天躺在地上，揮舞著腳苦苦哀求，沒有靴子牠一步也不想走。不久，牠的腳變得結實，禁得住雪道上的奔波，磨破的靴子就被扔掉了。

在坡里河營地的這一天早晨，當牠們正在套上輓具時，從不因爲任何事情引起注意的朵麗突然發狂了。長長一聲令人膽顫心驚的狂嗥，宣告了她的症狀發作，每一隻狗都嚇得呆若木雞。接著，她直朝巴克撲了過去。牠從來沒有看過一隻狗發狂，也不知道要害怕發狂的狗；但是牠清楚知道眼前景象非常恐怖，於是立刻在驚慌中逃走。牠直直地往前衝，而朵麗，氣喘吁吁又吐著白沫，緊跟在後只有一躍的距離；她追不上牠，因爲牠實在太害怕了，牠甩不掉她，因爲她實在太瘋狂了。牠穿過島上隆起的樹林，又衝向較低的那一端，跨過後面一條充滿碎冰的河床跳到另一座島上，再跳到第三座島上，又折返回到主河道，不顧一切要穿越過去。

不管什麼時候，儘管牠沒有回頭看，卻都可以聽到她的狂吠聲，就在後面一躍的距離。弗朗索瓦在四分之一哩外呼叫牠，於是牠又原路折返，仍舊在她前面一躍之距，痛苦地倒抽吸氣，並且寄望弗朗索瓦能夠解救牠。趕狗人用手高舉著斧頭，當巴克飛也似地穿過牠面前，斧頭便劈了下去，砍碎了發狂朵麗的腦袋。

筋疲力竭的巴克蹣跚地靠著雪橇，無助地嗚咽著。這是史皮茲的大好機會。牠跳到巴克身上，利牙再次深深咬進毫無抵抗的敵人身軀，將皮肉撕裂直見骨頭。同時，弗朗索瓦的鞭子揮了下去，巴克稱心如意地看著史皮茲遭受嚴厲的懲罰，從來沒有一隻狗挨過如此重的鞭打。

「惡魔一個，這個史皮茲。」皮羅特說：「總有一天牠會殺了巴克。」

「巴克更像個惡魔。」弗朗索瓦回話說：「我隨時都在注意巴克，我很確定。等著看吧！哪天牠發起瘋來，會把史皮茲嚼碎了再吐到雪地上。一定的。我知道。」

從那時起，兩隻狗之間的戰爭便開始了。史皮茲是領頭狗，也是公認的領袖，牠覺得自己的霸權被這隻來自異鄉的南方狗給威脅了。對牠來說，巴克實在奇怪，因爲牠見過許多的南方狗，從沒有一個在野營生活和拖橇工作上表現得值得敬佩。牠們都太軟弱，因爲禁不住勞累，受不了風雪和飢餓而死去。

巴克是個例外。只有牠能夠承受一切並且繼續茁壯，而牠的力量、兇猛與狡猾，都足以與哈士奇相匹敵。牠是一隻有領袖氣質的狗，之所以成爲如此危險的競爭對手，是因爲紅羊毛衫男人的棍子，將牠盲目的勇氣與魯莽的個性完全掃除，留下渴望主宰的統治慾。牠異常的狡猾，十足的耐性就是牠的本能，讓牠默默等待良機到來。

領導權的衝突無可避免地終將發生。巴克渴望成爲領袖。這種渴望來自於牠的本性，因爲拖著雪橇奔馳在雪道上，讓牠深刻感受到一種莫名的、不可思議的驕傲——這種驕傲支配著這些勞苦工作的狗、直到嚥下最後一口氣，號召牠們甘願死在轠繩之下，若被卸除軛具還會痛苦心碎。正是這種驕傲，促使戴夫成爲壓陣狗，讓索列克使盡全力拖曳雪橇；也是這種驕傲，在營地遭到破壞時把牠們聚集起來，將牠們從乖戾鬱悶的敗戰狗，轉變成爲熱烈亢奮而又雄心勃勃的雪橇狗；就是這種驕傲，在白天時一直驅策牠們，直到晚上紮營才肯罷手，讓牠們回到騷動與不滿的陰影下。這種驕傲容許了史皮茲去懲罰那些在隊伍裡偷懶犯錯，還有那些早上不肯套上軛具的雪橇狗。同樣的，這種驕傲讓牠擔心巴克取而代之成爲領袖。但是，巴克也有這種驕傲。

牠公然威脅著對手的領導地位。牠會介入史皮茲和和理應受罰的偷懶者之間。而且牠是故意這麼做的。有一個晚上，天上下著大雪，到了第二天早上，偷懶的派克消失得無影無蹤。牠安穩地躲在積雪下一呎深的洞窩裡。弗朗索瓦呼叫牠，但是遍尋不著。史皮茲氣得發狂，牠衝到營地每一處可疑的地方嗅著、刨著，叫得如此嚇人，派克在藏身處聽得不禁害怕顫抖。

但是當牠最後鑽出地面，史皮茲跳向前去準備教訓一番時，巴克同樣怒氣衝衝地飛撲到牠們倆之間。這料想不到而又準確無比的一撲，把史皮茲往後撞得翻倒在地。已經被嚇得魂飛魄散的派克，在這公然反叛的情況下壯起膽來，撲向倒在地上的領袖。對巴克來說，公平決鬥的道義早已忘得一乾二淨，牠也同時撲向史皮茲。就在這個時候，弗朗索瓦使盡全力，揮動鞭子打在巴克身上，儘管他對這起事件心裡暗自偷笑，但還是要不偏不倚地維持正義。這一下鞭打並沒有讓巴克從跌倒的敵人身上退開，於是鞭子的粗柄也打了下去。巴克被打得頭暈目眩，退了開來，接著挨了一連串的鞭打，而史皮茲則是狠狠修理了造反的派克。

接下來的幾天，離道森越來越近，巴克仍然繼續介入史皮茲與犯錯者之間；但是牠很狡猾，都乘著弗朗索瓦不在場的時候去攪局。隨著巴克暗中造反，狗群裡逐漸產生不服的聲浪，而且與日俱增。戴夫與索列克沒有受到影響，但是其他的狗卻愈來愈糟糕。所有的事都不對勁了，爭吵喧鬧接二連三。每天總有麻煩事發生，背後搞鬼的都是巴克。牠把弗朗索瓦弄得忙不過來，因爲趕狗人一直憂慮兩隻狗會進行殊死格鬥，雖然心裡知道這情形遲早會發生。許多夜裡，其他狗兒的爭吵打鬥聲，都會將他從蓋毯裡拖了出來，就怕那是巴克與史皮茲。

但是決戰時機並未出現。在一個陰冷的下午，牠們拖著雪橇抵達道森，雙方的大戰仍未開打。這裡人聲鼎沸，還有數不清的狗，巴克發現牠們都在工作，狗應該要工作，這似乎是命中注定的事。整天都有許多長串隊伍在大街上來來去去，到了夜晚牠們的叮噹鈴聲依然響個不停。牠們拖著木料與柴薪前往礦區，還做著各式各樣的工作——那些在聖塔克拉拉谷是由馬來做的工作。巴克在各處都會遇見南方來的狗，然而大部分都是野狼一般的哈士奇。每天晚上，牠們固定在九點、十二點和三點齊聲揚起夜的歌頌，一種奇特神秘的吟誦曲調，巴克十分樂意加入牠們一起歌頌。

極光在天上冷冽地耀舞著，寒空的繁星閃爍晃動，白雪覆蓋的大地寂靜冰封，哈士奇的歌曲原本是對生命的蔑視，但牠們唱著小調的音階，長聲的哀嚎與悲鳴，反倒更像是對生命的控訴，爲了艱苦的生存而發聲。這是一首古老的歌曲，就跟這個種族一樣的古老——來自於洪荒年代，曲調悲傷的時期，是那最早的歌曲之一。它包含了無數世代的哀愁，如此強烈地激起巴克心頭莫名的騷動。牠跟著一起哀嚎、一起悲鳴，當牠控訴著生存的艱苦時，這也是古老野性祖先的痛苦，當牠傾訴著寒冷與黑暗是如此的恐懼與神秘，這也是祖先感受到的恐懼與神秘。牠理應如此騷動著，因爲牠已經穿越了諸多世代有著爐火與房舍庇蔭的安逸生活，回到生命初始的狂野年代。

他們抵達道森的七天後，又往下沿著白勒克斯河陡峭的河岸走向育空雪道，然後朝著岱雅與鹽海回去。這個時候，皮羅特攜帶的文件似乎比來時還要緊急；而且，他也深刻感受到旅途馳騁的驕傲，於是他決意要創下這一年最快的遞送紀錄。有幾件事有利於他的決定。一是經過一個星期的休息，這些狗恢復了體力，處於最佳的狀態。而他們前來時開闢的路線，也被隨後的旅人踏得更加結實。還有，警察已經設立了兩三處地點，爲狗和人儲備糧食，所以他們可以更輕快地趕路。

第一天，他們趕了五十哩路，來到六十哩灣；第二天，他們奔馳在育空的雪道上，朝著坡里河前進。但是這樣輝煌的趕路速度，並不代表著弗朗索瓦可以輕鬆愜意，沒有遇到麻煩。巴克帶頭暗中造反，破壞了隊伍的團結，牠們在轠繩下不再是行動一致。巴克鼓舞叛亂者做出各種小動作。史皮茲不再是令人害怕的領袖，以往對牠的敬畏消失了，大家現在是平等地位，誰都可以挑戰牠的權威。有一個晚上，派克搶走牠的半條魚，在巴克的保護下將魚吞進自己肚子。另一個晚上，犯錯的達布和喬伊跟史皮茲鬥了起來，迫使牠放棄懲罰犯錯者。甚至，和善的比利，再也不是那麼和善，不像以前那般溫吞地嗚咽著。巴克只要走近史皮茲，一定是毛髮直豎和咆哮威嚇。事實上，牠的行爲幾乎像個惡霸，刻意在史皮茲的鼻頭前耀武揚威。

紀律的瓦解也影響到其他狗之間的關係。牠們比以前更常發生爭執與打鬥，經常把營地搞得一片鬼哭神嚎。只有戴夫與索列克沒有加入戰局，但是也被這些爭吵弄得煩躁不安。弗朗索瓦喊著一些奇怪粗俗的咒語，無助而又憤怒地在雪地裡頓足，揪著自己的頭髮。他的鞭子不斷在狗群裡劈啪作響，但是沒有多大的作用。只要他一轉身，牠們又爭吵起來。他用鞭子支持史皮茲的權威，巴克則支持著其他狗的作爲。

弗朗索瓦知道巴克是這些麻煩的幕後推手，而巴克也知道他心裡明白；但是巴克太狡猾了，牠不會再被當場抓到。牠在拖曳雪橇時信心滿滿，因爲拖曳讓牠感到喜悅。但是牠更喜歡在隊伍裡搧動伙伴發起爭端，然後搞得韁繩纏成一團。

來到塔基那河口，有一天晚上用完餐後，達布抓到一隻雪兔，一失手又讓牠跑了。頃刻間，所有的狗都咆哮著追趕過去。一百碼外的西北警察隊營地裡，五十多隻哈士奇也跑出來加入追逐行列。雪兔飛快跑下河，再轉進一條小溪，跳到冰涷的河面上拼命往前跑。牠在積雪上敏捷地跑跳著，狗群則是衝開積雪全力挺進。巴克一路領先，六十隻健壯的狗轉了一圈又一圈，還是無法追到牠。牠伏低著身子往前衝，熱切地呼嘯著，一身燦爛的皮毛映在蒼白的月光下，一閃一閃地向前躍動。那隻雪兔在前面，就像一個雪白的鬼影，也是一閃一閃地躍動著。

在某些年代，被喚醒的原始本能驅使人們走出喧囂的城市，就像是化學元素推動了鉛彈，也推動了嗜血的慾望和殺戮的快感，讓牠們進入森林和原野開始射殺獵物。巴克一向都有這些本能，只是現在發揮得更爲淋漓盡致。牠跑在狗群的最前頭，要將那野生動物追到筋疲力竭，用牠自己的牙齒撕咬那活生生的血肉身軀，再把自己的面頰抹得滿是鮮血。

有一種靈魂出竅忘我的狀態，可以表現出生命力的極致。這是一種矛盾的狀態，當生命最爲高昂亢奮的時候，這種狀態就會發生，但這樣的狀態一旦發生，卻反而會讓一個人忽略了自己的生命。這種狀態，這種忘我，當它發生在藝術家身上，他會引燃火苗，讓自己陷入烈焰之中；當它發生在士兵身上，他會瘋狂殺戮夷平敵陣，不留一絲寬恕；現在，它發生在巴克身上，牠搶在狗群最前頭，發出古老的狼嗥，使盡全力追逐在月光下快速逃竄、活生生的獵物。

牠的狼嗥發自內心最深層的天性，這是比牠自己更爲深邃的一部分，可以遠溯至萬物肇始之初。牠被生命的巨濤與存在的浪潮所支配著，更爲身上每一處肌肉、關節和肌腱所感受的十足喜悅所支配著。這種喜悅來自於它們都是活蹦的，都是熾熱狂野的，能夠靈活運動展現自己，能夠在繁星下盡情奔躍、跨越那些死寂之物。

但是，史皮茲在高亢的情緒下仍然能夠冷靜地計算著。牠脫離狗群，取了捷徑橫過一處窄窄的地峽，小溪就是通過這裡繞了長長的一個彎。巴克不知道這一回事，牠繞著長彎，兔子的鬼影仍然在眼前，這時候牠看見另一個更大的鬼影，從突出的河岸跳到兔子前面的路徑當中。那是史皮茲。兔子來不及閃躲，當白色的牙齒在半空中咬碎了牠的背脊，兔子就像受到襲擊的士兵般放聲尖叫。這一聲尖叫，是被死亡緊緊抓住後，生命從高峰墜落的哭喊絕響。跟在巴克後面的狗群同聲響起一片邪惡的歡呼。

巴克並沒有出聲。牠不再壓抑自己，直朝著史皮茲衝了過去，肩撞著肩，如此地靠近讓牠錯失機會咬住對方喉嚨。牠們在滿是細雪的地上滾了一圈又一圈。史皮茲並沒有被打倒，牠差不多站穩了腳步，便往巴克的肩頭狠咬下去然後閃開。牠的利牙就像捕獸器的鋼齒般連咬兩下，然後退開穩住腳步，翻抿著薄薄扭曲的嘴唇大聲咆哮。

這一瞬間讓巴克明白，決戰的時刻到了，而且是至死方休。牠們來回繞著圈子，怒吼叫陣，耳朵壓低，敏銳注意著下手先機，這個景象看在巴克眼裡有一種似曾相識的感覺。牠依稀記得這樣的場景——雪白的樹林、大地和月光，還有戰鬥的激昂情緒。詭異的肅穆氣氛籠罩住這片雪白與死寂，連最輕微的風聲都沒有——萬物靜止，枝葉凝結，狗呼出的白煙緩緩升起，飄盪在寒冷的空氣中。那些像狼一般野蠻的狗很快就吃掉了雪兔，然後圍成一個虎視眈眈的圓圈。牠們一樣保持沉默，只是閃耀著眼睛，白煙緩緩上升。這對巴克來說並不陌生，牠早已看過這一幕。就像是必然發生的情形，永恆不變的慣例。

史皮茲是一個經驗老到的打鬥高手。從史皮茲卑爾根島穿過北冰洋，又橫越加拿大和北方荒漠，牠在各式各樣的戰鬥中挺了下來，也爲自己爭得統治狗群的地位。牠會狂暴發怒，但不會失去理智。在撕裂與消滅敵人的狂熱下，牠不會忘記對手也有這股狂熱。牠不會主動衝向敵人，除非對手先衝過來；沒有做好防禦之前，牠絕不發動攻擊。

巴克努力想去咬住這隻大白狗的脖子，但是都沒有成功。當牠的利牙朝著肉身咬去，就會碰到史皮茲的利牙反擊。牙齒撞牙齒，嘴唇都破裂流血，巴克就是無法攻破敵人的防禦。牠重新做好準備，然後以旋風似的速度繞著史皮茲打轉。一次又一次，牠嘗試襲擊那雪白的喉嚨，生命就在那薄薄的一層皮肉下翻騰著，但是每一次都被史皮茲咬了一口然後閃開。接著，巴克改用正面衝撞的攻勢，直朝著那喉嚨而去，然後突然抬起頭來撇向一邊，想用牠的肩膀頂撞史皮茲的肩膀，藉此要將方撞倒。但是巴克沒成功，反倒是每一次都被史皮茲咬中肩頭然後靈敏地閃開。

巴克根本碰不到史皮茲，自己則是血流如注而且氣喘吁吁。打鬥進行得愈來愈兇殘。同時，沉默而又像狼一樣饑渴的圍觀者，隨時等待打鬥中有任何一方先倒下。看到巴克喘息得更加沉重，史皮茲開始採取攻勢，要讓對手站不穩腳步。有一次，巴克跌了一跤，圍觀的六十隻狗立刻靠攏了過來；但是牠奮力跳起，幾乎躍上半空中，圍觀的圓圈又退了回去，繼續等待。

然而巴克擁有一種資質——想像力，讓牠足以堪稱偉大。牠除了憑著直覺戰鬥，也會用頭腦戰鬥。雖然用著頂撞肩膀的老招術再度衝刺，但是牠在最後瞬間掠過地面鑽到積雪下，牙齒咬中史皮茲的左前腳。喀嚓一聲，骨頭碎裂，這隻雪白的大狗只剩下三隻腳能應付牠。巴克試了三次想把對手打倒，然後故技重施，又把對方的右前腳咬碎了。雖然疼痛劇烈而且行動不便，史皮茲還是拼命掙扎著不倒下去。牠看到那圈沉默的圍觀者，閃耀的眼睛，長吐的舌頭，銀白的呼氣裊裊飄升，朝牠慢慢靠攏過來，這就是以往被牠打倒的對手所見到的情景。只是這一次，牠是被打倒的一方。

牠再也沒有希望了。巴克毫不留情，憐憫只適用在氣候怡人的地方。牠準備發動最後一擊。圍觀狗群是如此地緊靠，牠可以感覺到哈士奇呼出的氣息吹在自己的腹腰。放眼望去，牠看到牠們半蹲伏著準備躍起，眼睛緊盯著史皮茲。這一刻，週遭全都暫停，每一隻狗都靜止不動，好像變成石頭一般。只有史皮茲，不斷顫抖而且毛髮直豎，前前後後蹣跚搖晃，咆哮出恐怖的威嚇聲，好像要斥退逐漸逼近的死亡。巴克撲了過去然後跳了開來，但是這一撲，肩膀終於正中肩膀。在落滿月光的雪地上，漆黑的圓圈聚攏成一個點，史皮茲消失在眼前。

巴克站在一旁凝視著，牠是獲勝的贏家，充滿統治慾的原始野性因爲殺死了敵人而感到高興。

第四章　是誰贏得領導權

「看，我不是說過嗎？巴克更像是個魔鬼，一點也不假。」第二天早上，弗朗索瓦發現史皮茲失蹤了，而且巴克全身佈滿傷痕，於是他這麼說。他將巴克帶到營火旁，照著火光檢視那些傷口。

「史皮茲眞是拼了命打鬥。」皮羅特一邊看著那些撕裂和咬開的傷口，一邊這麼說著。

「巴克可是加倍拼命呢！」弗朗索瓦回他的話：「現在我們可有好日子了，沒有史皮茲，就沒有麻煩。」

皮羅特收拾起野營裝備，裝載好雪橇，趕狗人上前準備將狗套上輓具。巴克快步跑到史皮茲作爲領頭狗的地方；弗朗索瓦沒有注意，他把索列克牽到這個人人覬覦的位置上去。依他判斷，目前最好的領頭狗是索列克。巴克氣憤地撲向索列克，把牠趕走後自己站上這個位置。

「啊？啊？」弗朗索瓦快活地拍著牠的屁股，喊著說：「瞧這巴克，牠殺了史皮茲，還想要取代牠的工作呢！」

「去，走開！」他叫了一聲，但是巴克不肯移動。

他一把抓住巴克的背頸，不管這狗如何威脅地吼叫，還是把牠拖到旁邊，換上索列克。老狗並不喜歡這個位置，而且明白表示牠怕巴克。弗朗索瓦非常堅持，但是當他轉過身去，巴克又取代了索列克根本不想要的這個位置。

弗朗索瓦生氣了。「來吧，老天，看我修理你！」他喊著，手裡拿了一根大棍子走回來。

巴克想起穿紅羊毛衫的男人，於是慢慢往後退；當索列克被再次帶到前頭時，牠也沒再想硬擠進去。但是牠一直待在棍子所及的範圍之外繞圈子，很生氣地大聲吼叫；而且當牠繞圈子時，眼睛也緊盯著那根棍子，萬一弗朗索瓦丟過來時就要閃開，牠現在對棍子可是學聰明了。趕狗人繼續手邊的工作，然後呼叫著巴克，準備把牠繫在戴夫前面的老位子。巴克後退了兩三步。弗朗索瓦跟上前去，牠又再退了幾步。雙方就這樣僵持了一會兒，弗朗索瓦丟掉手上的棍子，心想巴克大概是怕挨打。其實巴克是公然拒絕。牠心裡想的不是要逃避棍子，而是要擁有領導權。那是牠應該得到的。牠已經在戰鬥中贏得勝利，若沒得到絕不罷休。

皮羅特也過來幫忙。他們追在巴克後面，幾乎花了一個小時。他們朝牠丟擲棍子，而牠閃避掉了。他們怒聲咒罵牠，還詛咒牠的父母祖宗，又詛咒牠的子子孫孫，再詛咒牠身上的每一根毛髮，以及血管裡的每一滴血；牠則是不斷大叫，跑在前頭讓他們追，以此回應牠們的咒罵。牠並沒有跑遠，就是繞著營地一直後退，明白表示只要合了牠的意，牠就會乖乖走回來。

弗朗索瓦坐了下來，猛搔著頭。皮羅特看著手錶，滿口粗話。時間不斷流逝，他們一個小時前就應該已經上路了。弗朗索瓦又搔了搔腦袋，搖著頭無奈地看著那個信使。皮羅特聳了聳肩，表示他們眞是被打敗了。於是弗朗索瓦走到索列克站的地方，然後向巴克呼喊。巴克笑了，是一種狗的笑容，但是依然保持距離。弗朗索瓦解開索列克的轡繩，把牠帶回老位子。狗群都套好了輓具，在雪橇前一個接一個列隊站好，準備上路。隊伍裡沒有巴克的空位，除了最前面的位置。弗朗索瓦又呼喊了一次，巴克又笑了，還是站得遠遠的。

「放下棍子。」皮羅特命令說。

弗朗索瓦聽了他的話，於是巴克快步跑來，帶著勝利的微笑，大搖大擺地走到隊伍前頭的位置。牠的轡繩繫好，雪橇開始滑動，兩個人跟著旁邊跑，他們朝向河道奔馳而去。

趕狗人曾經給過巴克很高的評價，說牠更像是魔鬼，但是那一天才過了不久，他就發現自己當初似乎還低估了。巴克一肩扛起了領導狗群的責任；遇到需要判斷的地方，牠可以迅速思考、立即行動。牠證明了自己甚至超越弗朗索瓦原本認爲無可比擬的史皮茲。

但是巴克更爲優秀的地方是在於制定規則，以及讓伙伴們遵守這些規則。戴夫與索列克不在乎更換領袖，這不是牠們的工作。牠們的工作是在隊伍裡用力地拖曳雪橇。只要工作不被干擾，牠們不在意任何事情的發生，就算是好脾氣的比利來領隊也行，只要牠能維持紀律。然而，其他的狗在史皮茲領導的最後時期變得難以駕馭，現在讓他們感到萬分驚訝的是，巴克可以讓牠們一一臣服。

派克在隊伍裡緊接在巴克後面，以往除非情勢所迫，牠從不願意多花一盎司的力量去拉動胸前的輓帶，現在只要閒散偷懶，巴克便會馬上不斷扯動韁繩；那一天結束以前，牠已經遠比以前更爲賣力在拉著雪橇。第一個紮營的晚上，脾氣暴躁的喬伊受到嚴厲的懲罰，這是史皮茲從來沒有成功做到的。巴克只是用自己優越的體重，便將牠壓得喘不過氣來，直到牠停止咆哮並且哀聲求饒才肯罷手。

隊伍的步調很快就調整劃一，伙伴們恢復往日的團結，牠們在轠繩下再度行動一致了。到了滑冰急流營地，兩隻當地的哈士奇，提克與可娜加入隊伍裡；而巴克調教牠們的速度，讓弗朗索瓦感到十分驚訝。

「從來沒有一隻狗可以像巴克這樣！」他喊道：「不，絕對沒有！牠絕對值一千塊啊，我的天！你說是吧，皮羅特？」

皮羅特點點頭。這時候，他超前了舊紀錄，而且每天增加領先幅度。雪道的狀況極佳，都被踩得結實，又不用和新的積雪搏鬥。天氣不算太冷。氣溫最低就是降到零下五十度，然後全部的旅程都維持在那個溫度。兩個人交替著一個跑步、一個乘雪橇，狗兒們繼續躍進，只需要偶爾暫停休息一下。

三十哩河的冰面已經結得比較厚實，回程只花了他們一天的時間，就走完當初費了十天功夫的路程。從勒巴許湖的底邊到白馬急流營地的這段里程，他們一口氣就趕了六十哩路。穿越馬歇湖、塔吉胥湖和班奈特湖（七十哩的結冰湖面），他們如此飛快地前進，使得輪到跑步的那個人，非得拉著雪橇後面的繩子被拖著跑不可。於是在第二個禮拜的最後一晚，他們越過了懷特隘口，藉著底下史凱威小鎮和港邊船隻的燈光，他們沿著海岸斜坡下到山底。

這是一趟破紀錄的旅程。在這十四天裡，他們平均每一天都跑了四十哩路。整整三天，皮羅特和弗朗索瓦在史凱威的大街上抬頭挺胸地走著，請他們喝酒的邀約蜂擁而至，狗群隊伍則是大群馴狗師與雪橇旅人的崇拜焦點。一直到後來有三、四個西部來的惡棍企圖洗劫這個小鎮，結果遭到的懲罰是被打成蜂窩，這才將眾人的注意力轉移到其他的偶像身上。接著，官方的派令來了。弗朗索瓦將巴克叫到面前，用雙臂環抱著牠，對牠流著眼淚。這是牠最後一次看到弗朗索瓦和皮羅特。就像其他人一樣，他們倆也從巴克的生命中永遠消失。

一個蘇格蘭的混血兒接管了巴克和牠的伙伴，牠們跟著十多支其他狗群隊伍，踏上煩悶的雪道回道森去。現在沒有輕快的奔馳，也不用打破紀錄，每天只是賣力工作，拖曳著沉重的負荷；這是一支郵遞隊伍，載運了來自世界各地的信件，是給那些遠在陰暗極地尋找黃金的人們的家書。

巴克不喜歡這工作，但還是堅持把它做好，牠要追隨戴夫與索列克的風範，帶著驕傲投入工作。牠同時還要監督伙伴們，不論是否有這份驕傲，仍要確實而公平地分擔牠們該做的事。這是一個單調的生活，就像機械般規律地運作，每天的日子幾乎沒有差別。

每個早晨，作飯的人都在固定的時間走出來，升起營火，然後吃完早餐。接著，有人收拾營具，有人幫狗套上輓具，當黑夜退去、天將破曉時，牠們已經上路走了大約一個小時。到了晚上，準時紮營。有人搭著帳棚，有人砍伐柴薪，撿拾鋪床的松枝，另一些人則是提來河水或冰塊準備作飯。當然，狗也餵飽了，對牠們來說這是一天中最重要的時刻；在吃完魚後，大約有個一小時的時間，牠們可以和其他一百多隻狗四處閒逛。狗群裡也有一些兇悍的角色，但是和最兇的狗交手三次之後，巴克便取得領導的地位，所以當牠毛髮直豎亮出牙齒的時候，牠們全都得閃開讓路。

或許，牠最想要做的事，便是躺在火堆旁邊，後腳縮在身體下面，前腳向前伸展開來，微微抬頭，半夢半醒地瞇起眼睛望著火光。有時候，牠會想起陽光普照的聖塔克拉拉谷，米勒法官的大莊園，消暑嬉戲的大水池，那個叫作伊莎貝爾的墨西哥無毛犬，還有日本巴哥犬托茲；但是牠更常想起穿紅羊毛衫的男人，可麗的死亡，與史皮茲的激烈戰鬥，還有牠曾經吃過、或想要吃的好東西。牠並不是有鄉愁。陽光土地對牠來說是朦朧而遙遠的回憶，完全不再影響牠。更有影響力的是牠遺傳的記憶，讓牠面對不曾見過的事物，卻會有著一份熟悉感；還有牠的本能，這些原本只是祖先的記憶，卻轉化成當前的習性，那些已經隱埋了好幾個世代，卻在牠身上迅速復甦的本能。

有時候牠蹲伏在那兒，半夢半醒地瞇起眼睛看著火焰，牠似乎看到另一個時空的火焰，而牠蹲伏在這不同時空的火堆旁，眼前原本的混血廚子也看成是另一個不同的身影。這個身影有著較短的雙腿和較長的手臂，身上肌肉大塊粗獷，而非圓潤臃腫。他的頭髮又長又密，額頭傾斜內凹。他的嘴裡發出奇怪的聲音，看似非常懼怕黑暗，一直盯著周遭，手垂在膝蓋與腳踝間，手中抓著一根木棍，前頭綁著一個石頭磨成的尖刺。他的全身赤裸，背上垂掛著一片被火灼燒的殘破皮膚，但是身上長滿毛髮。他的身上有些部位，橫過胸前到雙肩，往下延伸到手臂外側與臀部，毛髮濃密到就像一層毛皮。他不是直挺站立著，上半身是向前屈傾，膝蓋微彎。他的身軀有一種特殊的彈性，或者說是柔軟性，幾乎像貓一般；還有一種敏捷的警覺性，這是永遠對於一切可見與未見的東西保持戒愼恐懼的人所特有的。

有時候，這個滿身毛髮的人蹲在火堆旁邊，腦袋垂在雙膝之間打起盹來。這種時候，他的手肘會架在膝蓋上，雙手抱著腦袋，好像是用毛髮濃密的兩臂遮風擋雨。在火光外圍的一片漆黑，巴克可以看見許多兩兩一對的閃爍光點，而且總是兩兩一對，牠知道這些是巨大野獸在尋找獵物的眼睛。牠可以聽見身軀擦碰樹叢所發出的聲音，以及牠們在深夜裡製造的聲響。在育空河岸，牠睡眼惺忪地望著火堆，夢境裡另一個世界的聲音和情景，讓牠的背脊直發涼，脖子和肩膀的毛髮直豎，不禁竊竊地輕聲抽噎與低吠起來，然後混血廚子對牠喊說：「嗨，巴克，快醒來！」夢境世界於是消失，眞實世界出現在眼前，牠打個呵欠伸了懶腰，好像眞的熟睡過似的。

這是一次辛苦的旅程，後面拖著郵包，沉重的工作把牠們累壞了。抵達道森時，牠們的體重直落而且健康不佳，至少需要十天或者一個星期的時間休生養

用鞭子把牠趕開，但是牠不顧鞭打的刺痛，那個人也不忍再下重手。戴夫不願意安靜地跟在雪橇後面，即使那樣子比較輕鬆；牠不斷掙扎，在雪道旁的鬆軟雪堆上，跑起來更是吃力，直到氣力用盡。牠倒了下去，一動也不能動，長列的雪橇隊伍激起雪花經過身旁時，牠傷心地哭嚎起來。

使盡剩餘的力氣，牠爬起來蹣跚地跟在後面，一直到長列隊伍停下，牠掙扎來到自己的雪橇旁，然後站在索列克旁邊。那個趕狗人逗留了一會兒，向後面的那個人借火點燃自己的煙斗。不久回到雪橇，趕動他的狗。狗群在雪道上搖擺著前進，明顯沒有吃到力，於是不安地回頭張望，他們全都愣住了。趕狗人也愣住了，雪橇沒有移動。他叫同事們來看這情景。戴夫把索列克的兩邊韁繩都咬斷，自己站在雪橇前面的老位子上。

牠的眼神哀求著把牠留下。趕狗人心裡五味雜陳。他的同事曾經談論過，一隻狗如果被摒棄在那累死牠的工作之外，牠會如何地悲痛欲絕，他們也記得許多例子，一些太老拖不動雪橇或受傷的狗，因爲被卸去了韁繩而死亡。這時，他們贊成比較慈悲的做法，既然戴夫一定會死，應該讓牠死在韁繩下，這是牠心甘情願而且心滿意足的。所以牠又被套上輓具，而且像從前那樣驕傲地拖著雪橇，儘管不只一次，因爲身體裡面的傷痛讓牠不自主地叫了出來。有幾次，牠失足跌倒，在隊伍裡被拖行著，還有一次雪橇壓過了牠，所以之後牠跛著一隻腳在跑。

但是牠堅持著，直到抵達營地，趕狗人在火堆旁爲牠做了一個窩。到了早晨，牠實在太虛弱，不能上路了。隊伍在套上輓具的時候，牠試圖爬到趕狗人那裡。牠近乎痙攣地掙扎站起，蹣跚幾步，還是倒了下去。隨後牠蠕動著身子，朝向伙伴們套上輓具的地方走過去。牠伸出前腿拉動身子，踉蹌走了幾步，又伸出前腿向前移動了幾吋。牠的氣力放盡，伙伴們望見牠的最後一眼，是躺在雪地上喘息著，渴望地看著牠們。直到牠們走到河邊林地的後方，早已在視線可及之外，仍然可以聽到牠悽慘的嚎叫。

這時候長列雪橇停了下來。蘇格蘭混血兒慢慢地循著足跡，回去牠們才剛離開的營地。人們停止談話，槍聲響了起來，那個人匆忙走了回來，鞭子劈啪揮去，小鈴叮咚作響，雪橇沿著雪道激起雪花；但是巴克知道，每一隻狗都知道，在那河邊樹林後面發生的事。

第五章　韁繩與雪道的磨難

離開道森三十天後，巴克和伙伴領軍的郵遞隊伍朝著鹽海前進，到達了史凱威。牠們全都體力耗盡而疲累不堪，處在相當悲慘的狀況下。巴克一百四十磅的體重只剩下一百一十五磅。其他的伙伴因爲體重本來就比較輕，相對地損失的重量就更多了。喜歡偷懶的派克，在牠慣用的欺騙手段下經常裝成跛腳，現在可是貨眞價實地跛了腳。索列克的腳也跛了，達布則是扭傷了肩胛骨而受著疼痛。

牠們的腳都酸痛得很厲害，完全無法奔躍與彈跳。牠們沉重地踏在雪道上，搖晃著身軀，每走一天，疲勞就增加一倍。除了累得要死，沒有任何事會困擾牠們了。這種要死的疲累並不是短期的工作過度造成，那只需要幾個小時就可以復原；這要死的疲累是來自於好幾個月的辛苦工作，體力緩慢而長期地消耗殆盡。沒有一點可以恢復的元氣，不留一絲可以使喚的力量，它們全都用完了，一滴不剩。每一處肌肉、每一條纖維、所有的細胞都是疲累的，要死的疲累。這是有原因的，在過去不到五個月的時間，牠們奔波了二千五百哩的旅程，而且最後的一千八百哩路程中，牠們只休息五天。當牠們到達史凱威時，顯然是支撐到最後一刻了。牠們不再能夠拉緊韁繩，在下坡時僅能設法走避不被雪橇撞到。

「走啊，可憐的狗兒。」跌跌撞撞地走在史卡威大街上，趕狗人鼓勵牠們說。「這是最後一段路了，然後我們可以好好休息，嗯？我保證，一定好好休息。」

趕狗人們的確是期盼停留較長的時間。牠們自己也走了一千兩百哩路而只休息兩天，所以於情於理都應該得到一段假期。但是，有太多男人前往克朗代克，而又有太多的情人、老婆和家屬留在家鄉，那些信件堆積起來就像山一樣高。官方的命令又下來了，從哈德遜灣新來的狗將代替這支殘弱隊伍，再度奔向雪道。這些無用的狗將被捨棄，因為狗比不上金錢，牠們會被賣掉。

三天過去了，這時候巴克和伙伴們才發現自己多麼疲倦與虛弱。然後到了第四天早晨，兩個美國來的男人用很低的價錢買下牠們，包括軛具、韁繩和所有裝備。這兩個人互稱「霍爾」與「查爾斯」。查爾斯是一個淡膚色的中年男子，有一對懦弱而又淚汪汪的眼睛，他的鬍子挑釁而做作地昂揚著，掩藏著軟弱下垂的雙唇。霍爾是一個十九或二十歲的年輕人，腰間的皮帶繫著一枝科爾特左輪手槍和一把獵刀，上面還插滿子彈。他全身最顯眼的就是這一條皮帶，正好說明了他缺乏經驗——一個徹底膚淺的小伙子。這兩個男人顯然是來錯地方了，他們爲什麼要冒險來到北方，眞是令人費解的奇怪事情。

巴克聽到討價還價的說話聲，看到金錢從男人手中遞給了政府的仲介商，然後牠知道蘇格蘭混血兒與郵遞隊伍的趕狗人們，將跟隨著皮羅特與弗朗索瓦的腳步，以及其他先前出現過的人們，從牠的生命中消失。當牠和伙伴們被牽到新主人的營地，看到的是一片邋遢和雜亂，帳棚半攤開著，盤子沒有清洗，所有東西都陷於凌亂當中。牠看到一個女人，男人們叫她「瑪瑟蒂」。她是查爾斯的老婆和霍爾的姊姊——一個糟糕透了的家庭組合。

巴克憂心地看著他們收拾帳棚和裝載雪橇。他們花了好大一番功夫，但是完全沒有章法。帳棚被捲成一綑難看的包袱，足足是應有體積的三倍大。盤子還沒清洗就打包起來。瑪瑟蒂不停在男人之間忙進忙出，不斷糾正和提出點子。當他們把衣袋放在雪橇前面，她建議應該放到後面；然後當他們放到後面，又堆上了幾綑包袱，她才發現忘記收拾的東西，而且除了收進那包衣袋以外無處可放，於是牠們又把東西卸了下來。

三個男人從隔壁的帳棚裡出來，在一旁看著，他們互相擠眉弄眼地露齒微笑。

「你們都已經把東西裝載好了。」其中一個人說：「本來我不應該多管閒事的，但是如果是我，就不會帶著那個帳棚。」

「眞是無法想像！」瑪瑟蒂舉起雙手，矯揉地驚訝喊著：「若是沒有帳棚，在這個世界要怎麼生活啊？」

「現在已經是春天了，你不會碰到更冷的天氣了。」那個人回答。

她堅決地搖搖頭，查爾斯和霍爾把最後一些東西推上堆積如山的行李頂端。

「這樣跑得動嗎？」其中一個人問道。

「爲什麼不行？」查爾斯立刻反問。

「喔，沒有，沒有問題。」那個人趕緊附和地說：「我只是有一點懷疑。看起來好像有一些頭重腳輕。」

查爾斯轉過身去，盡量扯緊綑綁行李的繩子，其實一點用也沒有。

「毫無疑問，這些狗能夠拖著這一整車的玩意兒跋涉一整天。」第二個人肯定地說。

「那當然。」霍爾用冷漠客氣的語氣說著，同時一隻手握住舵桿，另一隻揮動鞭子。「走！」他喊著。「往前走！」

那些狗頂住胸前的輓帶蹦了起來，韁繩繃緊了一會兒，然後鬆了下來。牠們沒辦法拉動雪橇。

「這些懶狗，我要給你們顏色瞧瞧。」他大喊，準備用鞭子抽打牠們。

但是瑪瑟蒂阻止他，叫著：「喔，霍爾，不許這樣。」同時，她抓住鞭子，從他手中奪走。「這些可憐的狗兒！你現在要答應我，以後不會再對牠們那麼兇，不然我一步也不會走。」

「你還眞懂狗啊。」她弟弟嘲笑說：「希望你別再干擾我。告訴你，牠們都很懶，非要鞭策牠們才會做事。牠們就是這樣，不信你可以隨便問問其他人，你去問問那些人。」

瑪瑟蒂懇求地望著那些人，不用說，討厭看到痛苦畫面的神情浮現在她漂亮的臉蛋上。

「你要知道，牠們像水一樣軟弱無力。」其中一個人回答。「牠們的力氣全用完了，所以走不動。牠們需要休息。」

「休息個鬼。」霍爾用他那乳臭未乾的嘴唇說。瑪瑟蒂聽到如此咒罵，「啊！」了一聲表示討厭與遺憾。

不過她是胳臂向內的的人，立刻支持自己的弟弟。「別聽那些人的話。」她意有所指地說：「你是在趕著我們的狗，就照著你認爲最好的方法去做。」

霍爾的鞭子又落在狗身上。牠們用力把自己推向輓帶，腳插進了結實的雪地裡，而且插得很深，然後使盡全部力氣往前拉。雪橇就像船錨一樣動也不動。試了兩次以後，牠們站住不動，喘個不停。鞭子野蠻地揮打著，瑪瑟蒂又出手阻止。她跪在巴克前面，流著眼淚，手臂環抱著巴克的脖子。

「你啊，可憐的傢伙。」她同情地哭著說：「你為什麼不用力拉？這樣就不用挨鞭子了。」巴克不喜歡她，但是牠覺得太痛苦了，沒有力氣抗拒她，就把這件事當作那天淒慘的工作之一。

在旁邊看的一個人，一直咬緊牙忍著沒說話，現在終於開口了：

「我根本不想管你們怎麼大呼小叫，看在這些狗的份上，我只是要告訴你，把雪橇搖鬆了就可以幫牠們一個大忙。那個滑板很快就凍住了。用你身體的力量抵住舵桿，左一下右一下，就可以搖鬆了。」

嘗試第三次，不過這次是依著那個人的建議。霍爾搖鬆凍結在雪道上的滑板，滿載行李的笨重雪橇突然移動，巴克和伙伴們在如雨滴般的鞭打下瘋狂地使勁拖拉。前進一百碼的距離後，小路經過陡峭的坡道轉進大街。這時候需要一個有經驗的人扶正那頭重腳輕的雪橇，但霍爾顯然不是這種人。當他們進入彎道，雪橇傾倒了，一半的行李從鬆脫的綁繩下散落出去。這些狗沒有停下腳步，變輕的雪橇側翻一邊仍被拖在後面一路蹦跳。因為惡劣的對待與不合理的負荷，牠們憤怒極了。巴克更是怒火中燒。牠拼了命的跑，隊伍也跟著牠跑。霍爾喊著：

「喝！喝！」但是牠們完全不聽。他絆了一跤，被拉倒在地上。翻倒的雪橇從他身上輾過，那些狗沿著大街狂奔而去，除了幫史凱威小鎮增添無比的笑料，還把剩下的行李沿路拋散在主要街道上。

一些好心的居民幫忙拉住了狗，拾起散落一地的行李。同時他們也提出忠告。他們說，如果眞的想到道森，行李要減去一半，而狗的數量要加倍。霍爾和他姊姊、姊夫不甘願地接受了建議，架起帳棚檢視牠們的行李。許多的罐頭食品被翻了出來，引起人們一陣大笑，因爲要帶著罐頭長途跋涉，簡直是在做夢。「這些毛毯足夠開一家旅館。」有一個人一邊幫忙，一邊笑著說：「就算是一半都嫌太多，丟掉一些吧。這個帳棚也扔掉，還有這些盤子，誰會去洗它們啊？我的老天，你們以爲是在搭臥舖列車旅行嗎？」

於是接下來，他們嚴格挑撿非必要的東西。瑪瑟蒂看到她的衣袋被扔在地上，一件一件的東西被丟出來時，她開始哭了。她對一切感到傷心，對每一個被丟掉的東西感到傷心。她兩手抱住膝蓋，難過地前後搖晃著身體。她堅決表示不願再走一吋路，就算叫十二個查爾斯來勸她也沒用。她向所有的人和所有的東西

沒有次序也沒有規律。他們可以花半個夜晚築起一個邋遢的營地，又花半個早上收拾營地以及胡亂裝載雪橇，然後在一天剩下來的時間裡，不斷停下整理鬆脫的行李。有些時候，他們一天走不到十哩。還有時候，他們根本不能出發。若是以他們計算狗糧的數據來看，沒有一天走到規劃路程的一半。

無可避免地，他們的狗糧終究會短缺。但是他們過度餵食則會讓問題提早發生，到時就會食物不足了。那些外來狗的腸胃沒有經過長期飢餓的鍛練，無法從少量的食物吸取最大的養分，因此胃口特別的大。此外，當那些氣力用盡的哈士奇拖不動時，霍爾認爲是因爲食物的分量太少，於是牠把配糧加倍。更糟的是，每當瑪瑟蒂漂亮的眼睛流下眼淚，喉嚨發出顫抖的請求，仍然無法說服霍爾給狗兒更多的食物時，她就會從食物袋裡偷魚給牠們吃。但是巴克與哈士奇並不是需要食物，而是需要休息。即使牠們的速度是那麼的緩慢，但是背後拖曳的沉重負擔嚴重消耗牠們的精力。

接著，食物不足的階段開始了。有一天，霍爾意識到一個事實，那就是狗糧已經吃掉一半，但是路程只走了四分之一；而且，就他們對狗的關愛，或者就剩餘的金錢來看，都不可能再購買額外的狗糧。於是他把配糧削減到比原本計畫的還少，並且試著增加每天的路程。他的姊姊和姊夫都贊成，但是沉重的行李和他們的無能阻礙了計畫的進行。減少狗的配糧做起來容易，但是不可能增加他們的速度，況且他們自己笨手笨腳，使早晨無法提早上路，也就無法增加趕路的時間。他們不僅不明白如何使狗工作，而且也不曉得自己要如何工作。

第一個死掉的是達布。這可憐的笨拙小偷，雖然牠總是被抓到和被懲罰，但卻不折不扣是一個盡心盡力的工作者。牠扭傷的肩胛骨，因爲惡劣對待和缺乏休養，傷勢逐漸惡化，到最後霍爾用那枝科爾特左輪手槍將牠射殺。當地有一種說法就是，如果外地狗吃的食量和哈士奇一樣多，包準會餓死；所以巴克手下的六隻外地狗，如今吃的只有哈士奇原本食量的一半，當然是必死無疑。紐芬蘭犬最先餓死，接著是那三隻短毛獵犬，兩隻雜種狗頑強地堅持著，最後還是死了。

這個時候，所有南方人的敦厚與和善，在這三個人身上消失殆盡。極地旅程的魅力與浪漫情懷全都消退，現實世界對他們的男子氣慨與女人氣質而言都太過嚴酷。瑪瑟蒂不再爲狗兒哭泣，倒是忙著爲自己掉淚以及與丈夫和弟弟爭吵。對他們而言，只有爭吵這件事不會讓他們感到疲倦。他們的怒氣造成自己的痛苦，與日俱增，變本加厲，將一切拋諸腦後。有一些人可以忍受艱困去辛苦工作，還能保持和善親切地談笑風生，他們在雪道上都會展現出一種驚人的毅力，但這兩個男人和那個女人並非如此。他們一點都不具有這種毅力。他們全身僵硬而且筋骨酸痛；他們肌肉疼痛，骨頭也痛，連心都在痛；因為如此，他們的言詞變得鋒利，早上的第一句，晚上的最後一句，嘴裡冒出來的都是尖酸刻薄的話語。

只要瑪瑟蒂給他們機會，查爾斯和霍爾一定會爭吵起來。他們兩人都懷有一個想法，就是自己做的事已經多過應負的責任，而且每一次爭吵都毫不克制地說出這個想法。瑪瑟蒂有時候站在丈夫這邊，有時候又站在弟弟那邊。結果就是一場滑稽而永無止盡的家庭紛爭。剛開始的爭執是誰應該去砍一點柴來生火，原本是查爾斯和霍爾之間的爭執，現在還扯出家族裡的其他人，爸爸媽媽，叔叔伯伯，堂兄表妹，那些遠在幾千哩外的人，有些甚至是已經死掉的人。霍爾的藝術觀點，或者他舅舅撰寫社交戲的劇本，這些與砍柴生火壓根兒都沒有關係，真是超乎常人的理解；然而爭吵就朝著這些話題蔓延，還包括了查爾斯的政治偏見。

此外，查爾斯的妹妹如何地愛說閒話，與在育空的荒野升起一堆火有什麼關係，顯然只有瑪瑟蒂知道，她如釋重負地滔滔不絕說了一堆，還附帶指責了丈夫家族的某些特徵。在此同時，營火仍然沒有升起，營地亂攤在那兒，狗也還沒有餵。

瑪瑟蒂心懷一種特殊的牢騷——一種女性的牢騷。她是漂亮而柔弱的，從小就被呵護長大。但是現在丈夫和弟弟的如此對待，一點兒都沒有在呵護她。她習慣表現出一副無助的表情，但是他們抱怨她這樣的行爲。他們所指責的是她的女性基本特權，於是她要把他們的生活弄到難以忍受。她不再關心那些狗，因爲疼痛疲累，她堅持要坐在雪橇上面。她是漂亮而柔弱的，但是她有一百二十磅重，對於這些虛弱又飢餓的動物來說，等於又多拖曳了一個厚重的行李。她坐在雪橇上走了好幾天，直到這些狗累倒在轠繩下，雪橇再也無法前進。查爾斯和霍爾懇求她下來走路，用各種方式取悅她，而她只是擦著眼淚，向老天控訴著他們的野蠻行爲。

有一次，他們用盡全力把她從雪橇上弄下來。但他們再也不敢這樣做了。因爲她像一個被寵壞的孩子，坐在雪道上踢著雙腿。他們繼續前進，但是她絲毫不爲所動。直到他們走了三哩路，把雪橇上的行李卸下，然後回頭找她，再用盡全力將她搬上雪橇。

他們的痛苦已經超過極限，對於他們的狗所受的痛苦更是麻木不仁。霍爾有一個只適用在別人身上的理論，就是淬煉才能成鋼。他開始向他的姊姊和姊夫宣揚這個道理。失敗之後，他用棍子把這個道理打進這些狗的腦袋裡。到了五指急流營地，狗糧吃完了，有一個沒了牙齒的印第安老婦人向他們提議，用幾磅的冷凍馬皮，交換霍爾插在腰間、一直在獵刀旁的那枝科爾特左輪手槍。這些馬皮實在是很糟糕的狗糧替代品，它們是六個月前牧場主人從餓死的馬匹身上剝下來的。這些結凍的馬皮更像是一條條的白鐵皮，當狗吞下肚後，就溶解成細疏又沒有營養的皮革纖維與一堆短毛，刺激著胃又無法消化。

巴克就像在惡夢裡一般，始終領在隊伍前頭蹣跚走著。拉得動的時候，就繼續拉；再也拉不動時，就跌躺在地上，一直到鞭子和棍子打得牠重新再站起來。牠的美麗皮毛失去了彈性和光澤。毛髮變得邋遢下垂，被霍爾打傷的地方還糾結著乾硬的血塊。牠的肌肉消耗到像是打結的繩索，結實的肉塊完全消失，所以整排的肋骨、每一根骨頭的輪廓，透過層層皺褶、空洞鬆弛的皮膚幾乎清晰可見。這是令人心碎的，但是巴克的心並沒有被擊碎。那個穿紅羊毛衫的男人已經證實過這一點。

巴克已是這般模樣，牠的伙伴更不用說。牠們都是行走的骷髏。連牠在內，一共還有七隻狗。在如此悲慘的處境下，牠們對於鞭子與木棍的毆打已經沒有感覺。挨打的痛楚似乎是模糊而遙遠，就像眼睛看的、耳朵聽的都是那麼的模糊而遙遠。牠們不是留著半條命，甚至是四分之一都不到。牠們不過是幾袋骨頭，生命的火花在裡面暗淡地閃爍著。每次一停下來，牠們就倒在地上像死了一般，火花就變得更加晦暗，幾乎熄滅。接著，鞭子與木棍落在身上，那火花又微弱地開始顫動，於是牠們踉蹌起身，繼續蹣跚前進。

有一天，好脾氣的比利跌倒了，再也站不起來。霍爾已經賣掉牠的手槍，所以拿起斧頭，走到躺在韁繩下的比利旁邊，朝牠腦袋砍了下去，然後割斷輓具，把屍體拖到旁邊。巴克看著，伙伴們也看著，牠們知道不久之後自己的下場也會是如此。第二天，可娜死了，還剩下五隻狗：喬伊，已經累得不再凶惡；派克，跛了腳一瘸一拐，只剩半點知覺，根本沒有意識足以裝病偷懶；索列克，獨眼的老狗，依然堅守崗位在雪道上勞苦工作，同時悲傷著自己只剩那麼一點力氣可以施展；提克，那一年冬天還沒跑過這麼遠的距離，因爲是新手，牠比其他伙伴挨了更多的打；還有巴克，依然領著隊伍，但是不再要求紀律，甚至一點企圖也沒有，一半的時間是虛弱盲目的，只是沿著半隱半現的雪道，靠著腳下模糊的感覺向前走。

現在是怡人的春天氣候，但是狗和人都沒有感覺到。每一天，太陽更早升起，更晚落下。早晨三點鐘天空破曉，一直到晚上九點鐘還殘留著薄暮。冗長的一整天，天上高掛著耀眼的陽光。冬天裡的陰森肅靜已經過去，取而代之的是春天裡生命覺醒的美妙潺響。這些潺潺聲響從大地的每一個角落扶搖升起，充滿著生命的喜悅。它來自於重新復甦活躍的東西，那些在漫長冬月裡枯靜停息的東西。松木的樹液節節上升。柳枝與白楊綻放稚嫩的幼芽。灌木和爬藤披上鮮綠的新衣。在夜裡，蟋蟀唧唧叫個不停；在白晝，爬蟲窸窣迎向陽光。松雞和啄木鳥在樹林裡喧鬧著、敲打著。松鼠喋喋不休，群鳥啾啾高歌，頭頂上野雁的啊啊叫聲從南方遷徙而來，精巧的楔形列隊劃破天空。

每一處山坡都傳來涓涓水聲，演奏地底湧泉的曼妙旋律。所有的東西都褪去冰霜，變得柔韌，充滿活力。育空河正使勁擺脫覆蓋它的厚冰。河水從下面侵蝕，陽光從上面照射。形成了破洞，縫隙逐漸崩裂擴散，那薄薄的浮冰便整塊沉落河裡。在這些覺醒生命的綻放、崩裂、悸動聲中，在耀眼的陽光下，輕柔微風吹拂著，兩個男人，一個女人，以及那些哈士奇，好像蹣跚的走在死亡的旅途上。

那些狗跌跌撞撞地行走，瑪瑟蒂在雪橇上啜泣，霍爾毫無狠勁地咒罵著，查爾斯的眼睛淌著憂愁的淚水，他們就這樣歪歪斜斜的走進約翰・桑頓位於白河口的營地。當他們一停下來，那些狗立刻倒在地上，就像是被打死了一樣。瑪瑟蒂擦乾眼淚，望著約翰・桑頓。查爾斯坐在一根圓木上休息。他因爲全身僵硬，動作緩慢而費力。霍爾負責發問。約翰・桑頓正在爲白樺木枝做的斧頭柄做最後修飾。他一邊削著一邊在聽，偶爾簡短地回應幾聲，若被詢問意見，就提出簡潔的忠告。他知道他們是什麼樣的人，同時也明白自己的忠告不會被採納。

「前面的人告訴我們，雪道下面的冰已經溶化，叫我們最好暫時不要前進。」當桑頓警告他們不要再冒險走過脆弱的冰層，霍爾這樣回答。「他們說我們走不到白河，我們現在不就走到了。」最後一句帶著驕傲的譏諷語氣。

「他們說得沒錯。」約翰・桑頓回他話說：「雪道下面的冰隨時都可能溶掉。只有笨蛋，帶著無知運氣的笨蛋，才能走到這裡。我明白告訴你，就算全阿拉斯加的金子都給我，我也不會拿自己的命冒險在那些冰層上。」

「我想，因爲你不是個笨蛋吧。」霍爾說：「反正都一樣，我們要繼續走向道森。」他揮動著他的鞭子。「站起來，巴克！嗨，站起來！走啊！」

桑頓繼續削著木柄。他知道，要阻止一個笨蛋去做蠢事是徒勞無功的；何況，多兩三個或少兩三個笨蛋，對這個世界也不會有什麼影響。

但是這些狗並沒有聽從命令站起來。牠們都要挨打了才會站起來，這種情形已經持續很長一段時間了。鞭子不斷到處揮打，執行著無情的差事。約翰・桑頓緊閉著雙唇。第一個爬起來的是索列克，接著是提克，然後是喬伊，牠疼痛地哀嚎著。派克痛苦地掙扎。牠摔倒兩次，都只站了一半，第三次才勉強站了起來。

巴克完全沒有用力。牠靜靜地躺在地上。鞭子不斷打在身上，但是牠既不哀嚎也不掙扎。有幾次，桑頓猛然抬頭，好像有話要說，但是又改變心意。他的眼睛泛著淚水，隨著鞭子繼續揮打，他站了起來，來回走動拿不定主意。

這是巴克第一次不能盡忠職守，當然會讓霍爾勃然大怒。他丟下鞭子，換了常用的木棍。現在，更重的棍擊頻頻打在身上，牠仍然拒絕移動。跟伙伴們一樣，牠其實可以勉強站起來，與牠們不同的，是牠打定主意不要站起來。牠依稀感覺到即將發生的災難。這種感覺在牠們來到河邊時特別強烈，而且從來沒有消失。這一整天，牠都感覺到腳底下的薄冰如此脆弱，現在牠的主人趕著牠走向前面的冰層，牠似乎意識到大難臨頭。牠拒絕移動。牠已經遭受這麼大的磨難，而且已經如此絕望，因此毆打並不讓牠感覺特別疼痛。隨著棍子繼續落在身上，內在的生命火花更爲閃爍與暗淡，幾乎快要熄滅。牠感到奇怪的痲木。就像是從遠方看著自己遭受毆打。最後的一點痛楚已經離牠而去。牠不再有任何感覺，只有模糊地聽見木棍敲擊在自己身上的聲音。但是，這也不再是牠自己的身體，牠似乎已經在遙遠的地方。

就在此時，完全沒有預警，突然傳來一聲口齒不清而又更像野獸狂嗥的怒吼，約翰・桑頓撲向揮舞木棍的男人。霍爾被撞退了，就像被倒下的大樹擊中一樣。瑪瑟蒂尖聲驚叫。查爾斯抹了抹眼睛，一臉愁容地看著，但是全身僵硬讓他站不起來。

約翰・桑頓站在巴克前面，努力克制自己，但是過於憤怒而顫抖得說不出話來。

「如果你再打那隻狗，我會殺了你。」他最後哽咽地擠出這一句話。

「這是我的狗。」霍爾走了回來，擦掉嘴角流出的血，同時回答說。「給我滾開，不然我要修理你了。我還要趕去道森。」

桑頓擋在他和巴克之間，擺明了不會讓開。霍爾抽出牠的長獵刀。瑪瑟蒂尖叫著、哭喊著、大笑著，陷入歇斯底里的狂亂當中。桑頓用斧頭柄敲中霍爾的手指關節，將獵刀打在地上。當霍爾想去檢起刀子，桑頓又打中牠的手指關節。然後桑頓彎下腰去，撿起獵刀，劃了兩下割斷巴克的轠繩。

霍爾失去打鬥能力。況且他的雙手，或者，正確來說是兩隻手臂，被他姊姊緊緊抓住。反正，巴克已經瀕臨死亡，不能再拉雪橇。於是幾分鐘後，他們趕著雪橇離開河岸，下到河面的冰層上去。巴克聽到他們離開，於是抬起頭看。派克領在前頭，索列克壓陣，隊伍中間是喬伊和提克，牠們跛著腳蹣跚前進。瑪瑟蒂仍舊坐在滿載的雪橇上。霍爾握著舵桿，查爾斯踉蹌地跟在後面。

巴克看著他們的時候，桑頓跪在牠旁邊，用粗糙而仁慈的雙手尋找被打斷的骨頭。結果並沒有發現什麼，只有一堆傷痕，以及恐怖的飢餓狀態；這個時候，雪橇也已經走了四分之一哩的距離。狗和人注視著他們在冰層上慢慢前進。突然，他們看到雪橇後面陷落下去，就像陷進一個凹槽，然後那根舵桿，霍爾還緊握著不放，被猛然拋到空中。瑪瑟蒂的尖叫聲傳到他們耳裡。他們看到查爾斯轉身，踏出一步想往回跑，接著一整塊冰碎裂開來，狗和人都消失了。所能看到的只剩下一個裂開的大洞。雪道下面的冰已經溶化掉了。

約翰・桑頓和巴克彼此對望著。

「你這可憐的傢伙。」約翰・桑頓說，然後巴克舔了舔他的手。

第六章　因為對一個人的愛

約翰・桑頓在去年十二月凍傷了腳，他的同伴爲了讓他舒服一點，於是把他留下來休養，他們用圓木做成船筏，繼續沿著河流前往道森。當他救了巴克的時候，腳還有一點跛，但是隨著氣候持續變暖，他的腳完全康復了。巴克待在這裡，整個漫長的春天躺在岸邊，望著流動的河水，慵懶地聽著蟲鳴鳥叫，牠的元氣也就慚慚恢復。

經歷三千哩路的旅程，這一次的休養來得正是時候。當牠的傷勢痊癒，肌腱鼓脹起來，血肉重新包覆了骨頭，說實話，巴克也漸漸變得怠惰。關於這點，其實他們都是閒散著——巴克、約翰・桑頓、還有史基特與尼格——等待船筏來接他們前往道森。史基特是一隻小小的愛爾蘭雪達犬，她很早就對巴克表示友好，當時巴克處於垂死狀態，對於她第一次的獻殷勤也發不了脾氣。她具有少數狗才擁有的護理性格，就像母貓舔著她的小貓一般，她舔著巴克，爲牠清理傷口。通常，每天早上牠吃完早餐後，她就來執行這項自發性的任務，以致於牠在尋求幫助時，找她的機會和找桑頓的機會一樣多。尼格也是同樣友善，但是比較內斂，牠是一隻尋血獵犬與獵鹿犬混種的大黑狗，有一對微笑模樣的眼睛和無盡的好脾氣。

令巴克感到訝異的是，這兩隻狗並不會對牠有所猜忌。牠們似乎與約翰・桑頓一樣有著同樣的仁慈與寬容。當巴克日益茁壯，牠們慫恿巴克參與各種可笑的遊戲，連桑頓自己都忍不住要一起加入；在這樣的喧鬧嬉戲中，巴克度過了恢復期，進入嶄新的生活。牠第一次發覺到愛，一種純眞熱情的愛。這是牠在米勒法官的大莊園，在陽光普照的聖塔克拉拉谷不曾經歷到的。與法官的孩子們打獵和散步，牠是工作伙伴的角色；對法官的孫子們而言，牠是雄壯的護衛；與法官本人之間，是一種相互尊重的友誼。但是愛應該是熾烈燃燒的，是傾慕的，是狂喜的，而牠的愛被約翰・桑頓給喚醒了。

這個人救了自己的命，這是重要的原因；但更重要的是，他就像是一個完美的主人。其他人照料他們的狗，是看在責任與工作需要的份上；他照料自己的狗，是當作自己的孩子一樣看待，因爲這是眞情流露。而且他還做得更好。他從不忘記給牠們親切的招呼和鼓勵的喝采，還會坐下來與牠們一樣興高采烈地促膝長談（他稱之爲閒嗑牙）。他會將巴克的頭捧在兩手間，再把自己的頭靠在巴克頭上，前前後後地搖晃著，吼著各種不雅的綽號，巴克認爲這是親暱的稱呼。巴克覺得這種擁抱和低吼是最大的喜悅，而且每一次搖晃的時候，牠的心是如此雀躍，幾乎要從胸口蹦了出來。被放開的時候，牠會蹬起前腳，帶著笑容，眼神展現豐富的表情，喉嚨發出無法言喻的聲音，然後保持這樣的姿勢不動，約翰·桑頓就會讚嘆地驚呼道：「天啊！你除了說話，什麼都會！」

巴克會用一種幾乎讓你疼痛的把戲表示自己的愛。牠時常將桑頓的手用力咬在嘴裡，齒痕印在皮肉上久久才會消退。就像巴克知道低吼是關愛的話語，桑頓瞭解這種含咬是親密的擁抱。

然而，巴克的愛大部分時間表現得比較內斂。儘管桑頓觸碰牠、對牠說話會讓牠欣喜若狂，但是牠不會主動要求。不像史基特，她會跑到桑頓面前，用鼻子頂著、推著他的手要求撫摸。也不像尼格，牠會悄悄走近，把大腦袋放在桑頓的膝蓋上。巴克寧願站得老遠崇敬地望著他。牠會不時躺在桑頓的腳邊，熱切而又機靈地仰望著他的臉，思索著，研究著，敏銳地注意著每一瞬間的臉色、動作和表情。或者，有時候躺在比較遠的側面或後面，望著這個人的輪廓和他特有的動作。就像是他們共享的一種交談方式，巴克凝視的力量經常讓約翰・桑頓轉過頭來，然後他也靜靜回望著，他們的心意展現在彼此的眼神中。

巴克獲救後，有很長的一段時間不願意桑頓離開牠的視線。在他走到帳棚外面的期間，巴克者一直跟在腳邊。進入北方之後，牠的主人一直在更換，因此牠害怕沒有一個主人是可以長久相伴的。牠害怕桑頓會像皮羅特與弗朗索瓦、還有蘇格蘭混血兒一樣會從牠的生命中消失。甚至在深夜夢裡，牠會被這種恐懼驚醒。這時候牠會打消睡意，冒著寒冷悄悄走到帳棚旁邊，傾聽著主人的呼吸聲。

儘管牠對約翰・桑頓的愛，似乎是受到溫馴教化的影響，但是北方野地在牠心中喚醒的原始個性依舊鮮明活躍。牠表現出信任與忠誠，牠住在屋棚底下吃著熟食；但是牠仍保有自己的野性與狡黠。牠是一個野性的動物，比較像是從蠻荒走進約翰・桑頓的營區，坐到火堆旁邊，而不像是來自文明溫馴的南方，帶著世代教化的印記。因爲對這個人深刻的愛，巴克不會從他身邊偷食東西；換做是其他的人、其他的營地，牠就會毫不猶豫這麼去做，牠狡猾的偷竊本領可以躲過任何的察覺。

巴克的臉和身體上刻記著其他狗的牙齒留下的傷疤，牠可以像以前一樣兇狠地打鬥，甚至更爲精明。史基特與尼格的個性太善良，牠不會和牠們爭鬥，此外，因爲牠們是約翰．桑頓的狗；不過，只要是陌生的狗，不管是什麼品種或者多麼勇猛，牠們很快就會向巴克臣服，不然就得和一個可怕的對手搏生死了。而且，巴克是不會手下留情的。牠已經學到棍子與利牙的生存法則，因此在決死的打鬥中，牠從不放過任何有利的機會，也絕對不會退下陣來。牠從史皮茲身上學到教訓，也在與警察和郵隊的狗群爭奪領導權的打鬥中得到教訓。牠知道沒有第三條路，不是統治別人，就是被別人統治；表現憐憫是致命的弱點。在野性的世界裡沒有憐憫，因爲那會被誤解成畏懼，這種誤解將導致死亡。殺或被殺，吃或被吃，這就是生存法則；這個從開天闢地以來不變的命令，牠完全服從。

眼前的日子飛逝而去，呼吸的氣息從未停歇，牠變得更爲老成。牠連結了過去和現在，超然的永恆以強而有力的節奏在牠身上展現脈動，牠就像潮汐與季節般隨之擺盪。牠坐在約翰・桑頓的營火旁，一隻胸膛寬厚的狗，有著白牙與長毛；但是牠的身後隱藏著各種狗的身影，有半似狼的，有野狼般的，一直在催促著、鼓舞著牠，品嚐牠所吃的肉香，渴望牠所喝的清水，跟牠一起嗅著風、仔細聆聽，告訴牠樹林裡的野生動物所發出的聲響，支配著牠的情緒，引導著牠的行動，跟著牠一起躺下睡覺，一同做夢，然後消失在遠方，成爲夢境裡的角色。

這些身影是如此蠻橫地召喚著牠，於是對於人類的關注一天天地從牠身上消退。森林的深處響起了一種呼喚，神秘地吸引著牠，令牠毛骨悚然，每當聽到這一聲呼喚，牠就覺得必須掉頭離開火堆和四周平坦的土地，衝入森林不斷往裡面跑，牠不知道要跑去哪裡，又爲什麼要跑去；牠不曾懷疑這些，因爲森林深處的呼喚，聽起來是那麼的威嚴。但是每當牠跑進鬆軟土地和綠蔭底下，對於約翰・桑頓的愛又把牠拉回火堆旁邊。

就是桑頓留住了牠。其他的人類都微不足道。路過的旅人也許會讚美牠，或者撫弄牠；但是牠的反應冷淡，如果碰到太盛情的人，牠就會起身走開。當桑頓的同伴漢斯與皮特，在期待好久之後乘著木筏出現，巴克也拒絕去搭理他們，直到牠明白這兩個人是桑頓親近的朋友；在此之後，牠是以消極的態度去接納他們，牠接受他們的善意，就像對他們是一種恩惠。他們和桑頓一樣是那種心胸寬大的人，生活在大自然裡，思維簡單而觀察清晰；他們搖著木筏到達道森鋸木廠旁的大水灣之前，就瞭解巴克和牠的脾氣，他們不會要求牠像史基特與尼格那樣表現親暱。

然而，牠對桑頓的愛一天比一天滋長。在夏天的旅途中，只有桑頓一個人可以把背包放在巴克背上。只要桑頓下命令，沒有什麼事是巴克做不到的。他們把木筏賣掉換了現金，離開道森前往天勒納河上游。有一天，人和狗坐在崖頂上休息，這座筆直垂降的山崖，距離下面裸露的岩床足足有三百呎高。約翰・桑頓坐在崖邊附近，巴克靠著他的肩膀。桑頓突然興起了奇怪的念頭，腦袋裡想到的實驗立刻引起漢斯與皮特的注意。「巴克，跳！」他伸出手臂朝著峽谷一揮。下一瞬間，他已經緊臨崖邊一把抱住巴克，而漢斯與皮特把他們拖回安全的地方。

「眞是不可思議。」事情過去後，他們鬆了一口氣，皮特這樣說道。

桑頓搖搖頭。「不，這實在是棒透了，也實在是很可怕。你知道嗎，有時候還眞令我擔心。」

「只要牠在旁邊，我可一點都不想成爲攻擊你的人。」皮特鄭重地宣佈，還朝著巴克點了點頭。

「看在老天的份上！」漢斯加了一句。「我也不想。」

那一年還沒結束，在極圈市，皮特擔心的事就發生了。「黑霸」伯頓，一個脾氣乖戾又惡行惡狀的男人，在酒吧裡跟一個新來的人起了爭執，桑頓好心地走到兩人之間勸架。巴克依照習慣，躺在一個角落，頭放在前腳上，看著主人的一舉一動。沒有預警地，伯頓直截了當揮出拳頭。桑頓被打得像陀螺般旋轉，還好抓住了吧檯的扶手才沒有跌倒。

圍觀的人們聽到了一聲不是狗的短吠或尖叫，應該說是像獅子般的怒吼，然後看到巴克從地上騰空躍起，直撲伯頓的喉嚨。那個人本能地伸出手臂保護自己，卻被巴克撞倒在地，踩在身上。巴克從他手臂的肉裡拔出利牙，再度咬向喉嚨。這一次，那人只能擋住一部分，他的喉嚨被撕裂開來。人群擁向巴克，將牠趕走；但是當醫生趕來檢查傷口時，牠還是到處鑽來鑽去，猛烈咆哮著企圖衝進去，最後是被一排不懷好意的棍子給嚇退了。當地的礦工們召開了會議，認為有合理的原因使這隻狗發怒，因此不必遭受懲罰。不過牠的聲名大噪，從那一天起，巴克的名字傳遍了阿拉斯加的每一處營地。

之後，那一年的秋天，牠用另一個全然不同的方式救了約翰・桑頓的性命。在四十哩河一段連綿的險惡急流，三個同伴拉著一艘細長的撐篙船順流而下。漢斯與皮特沿著河岸走，用一條細痲繩纏繞樹幹，從一棵樹換到下一棵樹地慢慢將船放行，而桑頓留在船上，用木桿穩住船身，並且對著岸上呼喊方向。巴克在岸邊，憂慮又著急，跟著船身並排前進，牠的眼睛從來沒有離開牠的主人。

在一處特別險惡的地方，一道礁岩橫亙在水道中。漢斯鬆掉繩子，讓桑頓撐著船越過急流，他牽著繩頭在岸上跟著跑，準備在桑頓通過礁岩後將船拉停。船通過了礁岩，跌進一道像磨坊水道似的急流，漢斯用繩子把船拉住，但是拉得太突然。船翻了一圈，船底朝天撞向岸邊，而桑頓被猛力拋了出去，捲到急流最危險的地方，那裡的一股激流讓落水的人幾乎沒有生還的機會。

就在那一瞬間，巴克已經跳進水裡；牠游了三百碼，在一道迴流中追上了桑頓。巴克感覺到桑頓抓住了牠的尾巴，於是朝著河岸，用盡全身的力氣拼命游。但是游向河岸的速度很緩慢，被急流往下沖的速度卻是快得驚人。下面的河段傳來毀滅的怒吼，洶湧的河水沖過梳齒般的巨大岩塊，打起大片的碎浪與水花，激流變得更爲狂野。河水進入陡峭的段落頃洩而下，吸力大得嚇人，桑頓知道自己不可能游到河岸。他猛烈地擦撞一塊岩石，又撞過第二塊，然後重重地撞向第三塊。他放開巴克，用雙手抓住滑溜的石塊，然後壓過河水的隆隆聲響大喊著：

「過去，巴克！過去啊！」

巴克無法控制住自己，牠被河水沖往下游，拼命掙扎也游不回來。當牠聽見桑頓反覆地喊叫，牠挺直身體露出水面，把頭抬得高高的，就像看著桑頓最後一眼，然後聽從命令轉往河岸。牠用力地游，游到氣力放盡，就要被水沖走時，被皮特與漢斯即時拖上岸去。

牠們知道，一個人攀在滑溜的石塊上，面對激流的沖擊，支撐不了幾分鐘，牠們沿著河岸，全力跑到桑頓攀掛位置的上游。牠們把原本拉船的那條繩子套住巴克的脖子和肩膀，小心地使繩子不會勒住呼吸，也不妨礙游泳，然後把牠放進

錄，牠成了這些人較勁的標靶，桑頓不得不挺身爲牠辯護。大約爭論了半個小時，有一個人說牠的狗可以拖動五百磅的雪橇，而且還可以拖著走；第二個人誇說牠的狗可以拖著六百磅；而第三個說七百磅。

「呸！這算什麼！」約翰．桑頓說：「巴克可以拖動一千磅。」

「眞拖得動？而且拖著走上一百碼？」這麼詰問的是馬修森，一個在博南沙淘金致富的傢伙，就是他誇說七百磅。

「眞拖得動，而且拖著走上一百碼。」約翰．桑頓冷冷地說。

「好吧。」馬修森緩慢而愼重地說，就是要讓大家都聽見。「我賭一千塊，說牠絕對辦不到。錢就在這裡。」說著，他把一袋像臘腸那麼大小的金沙，碰的一聲摔在吧檯上。

沒有人出聲。如果桑頓是在虛張聲勢，那麼這下子他被要求攤牌了。他覺得滿臉漲紅，血液直衝腦門。他的舌頭眞是自找麻煩。他根本不知道巴克是否拖得動一千磅。半噸啊！這麼龐大的重量讓他心生畏懼。他對巴克的力量相當有信心，而且常常認爲牠拖得了這麼重的雪橇；但是，從來沒有像今天一樣，在十多個人安靜等待地注視下，他必須證明這個可能性。況且，他沒有一千塊錢；漢斯或皮特也沒有。

「我有一輛雪橇就停在外面，上面載了二十袋五十磅重的麵粉。」馬修森毫不留情地直說：「這樣應該沒問題吧。」

桑頓沒有回答。他不知道該說些什麼。他心不在焉地望著一張張的臉孔，就像失去思考能力一般，尋找著什麼東西可以讓他恢復思緒。他的眼睛停在到吉姆．歐布萊恩的臉上，這個在馬斯多登發了財的人，也是他的昔日同伴。這張臉就像給了他一個提示，似乎喚醒他去做一件從來沒有想過要做的事。

「你能夠借我一千塊錢？」他幾乎是低聲問道。

「當然。」歐布萊恩回答，然後把一個鼓脹的袋子也摔在馬修森的袋子旁邊。「但是，約翰，我也不太相信那個畜生能夠做到。」

酒店裡的人全都離開座位，跑到街上去看這場賭局。侍者丟下餐桌不管，小販和馴狗師們也跑來看打賭的結果，並且紛紛下注。幾百個人，穿著皮衣，戴著連指手套，築堤似地把雪橇圍在一個足夠的空間裡。馬修森的雪橇裝著一千磅的麵粉，停在這裡已經好幾個小時，在零下六十度的酷寒天氣下，滑板已經牢牢冰凍在結實的雪地上。有人用二比一的賠率賭巴克完全拖動不了雪橇。大家對於「拖動」這兩個字發生爭議。歐布萊恩主張，桑頓有權利可以先敲鬆滑板，然後讓巴克從停止的狀態「移動」雪橇。馬修森則是堅持，這兩個字包含了要讓滑板掙脫結在雪地上的冰。大部分見證這場賭局的人站在馬修森這一邊，於是賠率又升高了，三比一賭巴克輸。

沒有人賭巴克贏。沒有任何一個人相信巴克做得到。桑頓當初是被催促著加入賭局，心中充滿疑惑；現在，他看著眼前的事實，原來雪橇正常是由繫在前面的十隻狗拖著，更顯得自己不可能會贏了。馬修森顯得勝券在握。

「三比一！」他宣佈說：「照這個賠率，我們加賭一千塊錢，你看怎樣，桑頓？」

桑頓的疑惑強烈地表現在臉上，但是他的戰鬥意志卻被激發起來——這個戰鬥意志超越了賠率，完全忽視什麼是不可能，除了宣戰的疾呼聲，他什麼都聽不見。他把漢斯和皮特叫過來。他們的口袋沒多少錢，加上他自己的，三個人總共只能湊足二百塊錢。他們正在手頭吃緊的時候，這些錢是他們所有的財產；但是他們毫不遲疑地投注下去，對抗馬修森的六百塊錢。

那十隻狗被解開，巴克套著自己的輓具，被繫到雪橇前面。牠感受到那股興奮，而且覺得在某一件事情上，牠必須要爲約翰・桑頓有一番超乎尋常的表現。人們看到牠壯麗的身軀，紛紛發出讚嘆的耳語。牠的身體狀況極佳，沒有任何一絲的贅肉，一百五十磅的體重充滿了膽識與活力。牠的皮毛散發著炫目的光澤。頸部和雙肩上原本服順的鬃毛，現在豎直了起來，就像過剩的精力使得每一根毛髮都甦醒而活躍。碩大的胸膛與強壯的前腿以完美的比例搭配著身體其他部份，皮膚下面透露出緊實的肌塊。人們觸摸著這些肌塊，都說像是鋼鐵一樣硬，於是賠率又下降到二比一。

「唉喲，老兄！老兄！」最近才加入富翁之列，來自史古根的一位金礦主喊著說；「我出八百塊錢買牠，老兄，不用賭了；就牠現在站在這兒的模樣，我出八百塊錢。」

桑頓搖搖頭，走到巴克旁邊。

「你必須要離開牠。」馬修森抗議說。「讓牠自己來，旁邊多的是空間。」

群眾們安靜下來，只聽見賭徒們喊著二比一的賠率。每個人都承認巴克是一隻了不起的動物，但是在他們眼裡，二十袋五十磅的麵粉實在是太重了，沒有人願意爲牠解囊下注。

桑頓跪在巴克旁邊。他捧起巴克的腦袋，臉頰貼著臉頰。他沒有像平常玩耍般搖晃巴克，也沒有溫柔唸著親暱的咒罵；但是在牠耳邊輕聲呢喃。「你是愛我的，巴克，你是愛我的。」他輕訴著。巴克壓抑著熱情嘀咕了幾聲。

人們好奇地觀望著。事情變得愈加神秘。這好像是在施以魔法一樣。當桑頓站了起來，巴克將他的手緊緊咬在嘴裡，然後不甘願地慢慢放開。這是巴克的回答，不用言語，而是用牠對主人的愛。桑頓退後了幾步。

「預備了，巴克。」他說。

巴克拉緊了韁繩，然後放鬆了幾吋。這是牠已經學到的方法。

「右！」桑頓的聲音響起，劃破緊張的寂靜。

巴克擺向右邊，最後一下的猛烈拉扯，鬆弛的韁繩驟然繃緊在牠一百五十磅的身軀後面。雪橇顫抖著，從滑板那兒傳來龜裂的聲音。

「左！」桑頓命令。

巴克重複剛才的動作，這次朝著左邊過去。龜裂聲音變成劈啦作響，雪橇跟著轉動，滑板咯吱地向一旁偏移了幾吋。雪橇掙脫了結冰。人們都摒住呼吸，緊張到沒有發覺自己停了呼吸。

「現在，走！」

桑頓的命令像一聲槍響般爆發。巴克把自己投向前方，拉緊韁繩，軋軋震響地用力衝刺。牠全身凝聚龐大的力量，光滑毛皮下的肌塊就像活蹦的生物在扭轉著、鼓動著。碩大的胸膛貼近地面，腦袋向前壓低，牠的腳瘋狂地奔爬，硬實的雪地被耙出兩道平行的深溝。雪橇搖晃震動著，稍微向前移動了一點。牠的一隻腳瞬間打滑，有人發出一聲響亮的哀嘆。雪橇是短促而斷續地被拖扯移動，但是完全沒有停止的跡象……半吋……一吋……兩吋……斷續的顛簸明顯減少了；雪橇有了動能，巴克抓住機會順勢使勁，直到能夠平穩前進。

人們倒抽一口氣後又重新開始呼吸，完全沒有意識到自己有好一會兒摒住了呼吸。桑頓跑在後面，用簡短、激勵的話語不斷鼓舞著巴克。距離已經事先測量好，巴克接近標示著一百碼的柴木堆時，愈來愈多的歡呼聲響起，當牠通過柴木堆後被命令停止時，更是爆起如雷的喝采。每個人都扯鬆了自己身上的東西，甚至包括馬修森也一樣。帽子和手套在空中飛舞。人們互相握手，不管跟誰都行，到處都是一陣陣的譁然喧鬧。

桑頓獨自跪在巴克旁邊，頭靠著頭，然後將牠前後搖晃著。那些趕上來的人聽見他一直熱情地咒罵著巴克，溫柔而親暱的咒罵。

「唉喲，老兄！老兄！」史古根的金礦主氣急敗壞地喊著；「我出一千塊錢買牠，老兄，一千塊……一千二吧，老兄。」

桑頓站了起來。他的雙眼濕潤，眼淚直率地流下臉頰。「先生。」他朝著史古根的金礦主說：「不，先生。你去死吧。這是我給你最好的答覆。」

巴克用牠的牙齒咬住桑頓的手。桑頓前前後後搖著牠。就像是被共同的念頭所驅使，圍觀的人全都禮貌地退了幾步，不再冒失地上前打擾。

第七章　呼喚的聲音響起

巴克在五分鐘之內爲桑頓賺到一千六百塊錢，讓他的主人可以償還一些債務，並且和同伴們出發前往東部地方，尋找傳說中失落的金礦，這個傳說就如同當地的歷史一樣年代久遠。許多人曾經前去尋找，幾乎毫無所獲，而且不少人是一去就未曾歸來。

這個失落的金礦一直籠罩在悲劇的陰影下，披上一層神秘的面紗。沒有人知道最初是誰發現的，即使最古老的傳說也沒有溯及到那麼久遠的年代。傳說中提到一棟古老而頹廢的小屋。許多歷劫歸來的人發誓眞有這一回事，而且說小屋就標示著金礦的位置，拼湊各方的說詞就是那裡有許多金塊，金子的等級是北方其他金礦比不上的。

但是不曾有人活著見到這座寶庫，死的人就不用提了；因此約翰・桑頓和皮特與漢斯，帶著巴克與其他六隻狗，在一條從未走過的雪道上朝著東部前進，要去完成以前像他們一樣有本領的人與狗都無法做到的事。他們趕著雪橇，沿著育空河往上走了七十哩路，再往左轉到斯圖爾特河，經過梅奧和麥奎遜，一直到斯圖爾特河變成一條小溪的地方，然後穿進這塊大陸主山脈的峻峭山峰。

約翰・桑頓不會過度依賴別人或大自然。他並不害怕蠻荒之地。只要帶著一把鹽和一枝來福槍，他可以進入荒山野地中生活，想去哪裡就去那裡，想待多久就待多久。他一點也不著急，就像印第安人一樣，在白天的旅途中獵取食物；如果找不到獵物，也跟印第安人一般，繼續自己的行程，因爲他深信遲早會獵到食物。所以在這次前往東部地方的重要旅程中，他們的食物就是獵取的野味，雪橇上裝載的主要是彈藥和工具，如此一來旅行的時間便可以大幅延長。

這種狩獵捕魚的生活，無拘無束地漫遊在未知的土地上，對巴克而言眞是無盡的喜悅。有時候他們一天接著一天，持續走好幾個星期；然後又停留好幾個星期，到處紮營，狗兒們閒逛著，人們就用火燒透那些冰凍的泥砂，用淘金盤篩洗無數的污泥。有時候會挨著餓，有時候可以盡情大啖，全看打獵的運氣和收獲的多寡來決定。夏天到了，人和狗背起行囊，他們利用木筏渡過山間的藍色湖泊，用鋸下來的直挺樹幹做成細長的小船，逆流而上或者順流而下，划過許多不知名的河流。

日子來了又去，他們在人煙未至的浩瀚荒野中來回曲折地前進，如果傳說中的小屋眞的存在，或許還曾留下前人蹤跡。在夏日的暴風雪中，他們越過一道道高聳的分水嶺，在深夜高掛的太陽下，他們在森林線與永凍土間的光禿山頂冷得發抖；接著又走進充滿蚊蚋與蒼蠅的盛暑山谷，在冰河的蔽蔭下摘拾著像是南方才有的豐美漿果與花卉。那一年秋天，他們走入一處神秘的湖鄉，淒涼而寂靜，原本住著野禽，現在空無一物，一點生命的跡象也沒有，盡是刮著颼颼冷風，蔭蔽之處積水結冰，沉鬱的波浪拍打湖岸。

又到了冬天，他們漫漫尋找著早已消失的前人足跡。有一次，他們看到一條直通森林的小徑，一條十分古老的路徑，感覺失落的小屋似乎即將出現在眼前。但是這條小徑來自遙遠的起點，又通往無盡的終點，看來就是那麼的神秘；同時，是誰開闢的，又爲什麼要開闢這條小徑，同樣也是神秘無解。又有一次，他們偶然發現一處早已殘敗的狩獵小屋，在破損的毛毯碎片中，約翰・桑頓發現一枝長管的燧發槍。他認得這種槍，因爲年輕時候在西北部看過一枝哈德遜海灣公司的槍，那時候，這樣一枝槍跟堆起來和它相同高度的河狸皮一樣貴重。他們發現的只有這些——至於當初是誰建造這座小屋，以及是誰把槍留在這裡，則是一點頭緒也沒有。

春天再度降臨，在這漫漫路程的最後終點，他們並沒有找到失落的小屋，但是在一處寬廣山谷的淺灘上，奶油般黃橙橙的金子出現在他們的淘金盤裡。他們不再往前探尋。每一天，他們淘來的純淨金砂和金塊，都可以替自己賺進好幾千塊，於是他們天天都在工作。金子裝在鹿皮袋子裡，五十磅裝一袋，堆得就像他們那間松枝小屋外的一落柴薪。他們像巨人一樣辛苦工作，一天接著一天，像在做夢似地堆起了自己的寶山。

那些狗沒有事情可做，除了不斷把桑頓殺死的獵物拖回來，因此巴克花更多的時間在火堆旁冥想。現在沒有太多工作需要完成，那個短腿而滿身毛髮的人影更常出現在牠的腦海裡；通常，巴克在火堆旁瞇著眼睛，隨著人影神遊到牠記憶裡的另一個世界。

那個世界最顯著的東西似乎是恐懼。當牠看著那個滿身毛髮的人蹲在火堆旁邊打盹，腦袋垂在雙膝之間，雙手抱著腦袋，巴克看到他睡得並不安穩，經常受到驚嚇而從夢中醒來，這個時候他會害怕地凝視著黑暗，然後找來更多樹枝丟進火堆。如果他們神遊到海邊，那個人會撿拾貝殼，邊撿邊吃，眼睛不斷四處張望，似乎某處暗藏了危險的東西，準備一現身便像風一樣飛奔而來。他們躡手躡腳地走在森林裡，沒有發出一點聲音，巴克跟著那個人的腳步走在後面；他們留意四周並且保持警戒，兩個都豎起耳朵，皺著鼻頭，那個人的聽覺和嗅覺跟巴克一樣靈敏。

滿身毛髮的人可以躍上樹頭，在上面前進就像在地上一樣迅速，他伸著手臂掛在樹上，攀著一根根的枝幹，有時候可以盪個十多呎的距離，這一頭放手那一頭抓住，從來沒有跌落，也從來不會失手。事實上，他看起在樹頂上跟在地面上一樣自在；巴克記得許多夜晚裡，當那個人棲息在樹上，緊攀著枝葉入睡時，牠就在樹底下守護著。

跟這個長滿毛髮的身影密切相關的，就是那仍然在森林深處響起的呼喚。它在巴克心裡鼓動起強烈而莫名的慾望。它讓巴克感覺到一種模糊的、甜美的喜悅，對於未知的東西產生狂野的渴望與激情。有時候牠循著呼喚進入森林，好像確有其事一般去尋找它，依著情緒起伏或者輕吠、或者大吼。牠會把鼻子伸進冰冷的苔蘚叢裡，或者長滿長草的黑泥土裡，充滿喜悅地嗅著沃土的氣味；或者牠會蹲伏在佈滿菇菌的傾倒樹幹後，就像在藏匿蹤跡一般，張大眼睛，豎直耳朵，注意著周遭的動靜與聲音。這樣埋伏著，牠或許是想要嚇嚇那個自己無法理解的呼喚。但是牠不知道自己為什麼會有這些舉動。牠是基於一股衝動去做這些事，完全沒有在思考。

不可抗拒的衝動攫住了牠。即使躺在營地裡，在暖和的日光下慵懶地打盹，牠會突然抬起頭來，豎直了耳朵，仔細地聽著，然後跳起身來急奔而去，跑著跑著，接連幾個小時，穿過森林裡的小徑，橫越佈滿礫石的曠野。牠喜歡跑下乾涸的河道，還有在樹林裡躡手躡腳地監視鳥禽。有時候牠會整天躺在灌木叢下，可以看著松雞咕咕叫響，或者昂首闊步跳上跳下。但是牠特別喜歡在仲夏午夜的昏暗薄暮下奔跑，傾聽森林低聲夢囈的沙沙聲響，就像人類閱讀書本一樣地閱讀著各種徵兆與聲音，以及尋找那個發出呼喚的神秘東西——無論牠醒著或睡著，隨時都在對牠發出呼喚，要牠前去。

有一天晚上，牠從夢中驚醒，突然跳了起來，帶著渴望的眼神，抽動鼻子嗅著氣味，牠的鬃毛豎立起來頻頻波動。從森林傳來了呼喚（應該說一個特殊的聲調，因爲呼喚有許多的聲調），從來沒有如此清晰而明確，一個長聲的嗥叫，有一點像、但也不全然是哈士奇發出的聲音。牠認出這個聲音，是一種古老而熟悉的聲音，就像曾經聽過一樣。牠躍過沉睡的營地，敏捷地奔向樹林去。當牠愈接近那個叫聲，腳步就放得愈慢，每一步都小心謹慎，直到樹林裡的一片空地旁，透過枝葉的空隙，牠看到一隻挺直著腰、鼻子指向天際的瘦長灰狼。

巴克沒有發出聲音，但是灰狼停止了嗥叫，想要察覺牠的所在。巴克悄悄走進空地，半蹲伏著，收緊身體，伸直尾巴，腳下步伐格外謹慎。每個動作都顯示出威嚇中帶著一點友善。這是野性猛獸相遇時緊張的停戰狀態。但是灰狼一看到牠就跑走。牠跟在後面大步躍奔，瘋狂地想要追趕上去。牠把灰狼趕到一個沒有路的溪床，成堆的殘枝斷木擋住了去路。灰狼定住後腿旋轉身體，就像喬伊和所有的哈士奇被逼到角落時的那種動作，豎起毛髮吠叫著，又不斷急促地咬著牙齒。

巴克並沒有發動攻擊，只是圍繞著牠，並且帶有善意地加以攔阻。灰狼充滿疑惑又心生畏懼；因爲巴克的體重是牠的三倍，而且牠的頭只能搆著巴克的肩膀。牠逮到機會就狂奔而去，於是追逐又重新開始。牠一再地被趕到角落，又一再地逃脫，若不是牠的狀況不佳，巴克還無法輕易追趕上去。牠一直跑，當巴克的頭已經追到牠的腰部，便會轉身吠叫，只要機會閃現便又急衝而去。

但是，巴克的固執終於達到目的；因爲灰狼發現牠沒有傷害自己的意圖，最後和牠互嗅了一下鼻息。於是牠們成爲朋友，用野獸掩飾自己兇猛的那種靦腆方式，興奮地相互嬉戲。過了一會兒，灰狼邁著輕躍的腳步，清楚顯示自己要去一個地方。牠讓巴克明白要巴克跟著一道去，於是牠們在昏暗的微光下並肩跑著，沿著溪床直上，走進小溪上源的峽谷，越過溪水源起的荒涼分水嶺

牠們走下分水嶺另一邊的山坡，進入到平坦的鄉野，這裡有大片的森林和許多溪流，牠們在森林裡不斷地奔跑，一個小時接著一個小時，太陽高掛天空，天氣變得暖和，巴克的內心是狂喜的。牠知道自己終於回應了呼喚，跟著森林裡的

兄弟一起奔向呼喚傳來的地方。古老的記憶迅速浮現腦海，牠被這種記憶給喚醒了，就像之前它們還是幻影時，牠被現實世界給喚醒了一般。在記憶模糊的另一個世界裡，牠心頭曾經激烈地騷動著，現在，牠在曠野中盡情奔跑，腳下踩著鬆軟的大地，頭上頂著荒野的蒼穹，心頭又是同樣地騷動。

牠們在川流小溪旁駐足喝水，停下腳步後，巴克想起約翰．桑頓。牠坐了下來。灰狼朝著呼喚傳來的地方走了幾步，然後又回到牠身邊，嗅著鼻子，做著像似鼓勵牠的動作。但是巴克轉過身，開始朝著原路慢慢走去。灰狼兄弟跑在旁邊將近一個小時，輕聲哀訴著。最後牠坐下，鼻子指向天際，發出長長的嗥叫。這是一聲悲淒的長嗥，巴克堅持自己的腳步，聽著嗥叫聲愈來愈微弱，直到消失在遠方。

約翰．桑頓正在吃早餐，巴克衝進營地，帶著狂烈的愛撲在他身上，將他扳倒，抓著他，舔著臉，咬他的手。「又想要玩了，大傻瓜。」桑頓這麼形容，然後搖晃著巴克的腦袋親暱地咒罵。

接連兩天，巴克都沒有離開營地，也沒有讓桑頓離開牠的視線。牠跟著桑頓一起去工作，看著他吃飯，晚上望著他鑽進毛毯，早上再盯著他離開毛毯。但是兩天以後，森林裡的呼喚再度響起，而且比起以往更爲迫切。巴克覺得坐立難安，想著野性的兄弟，想著分水嶺後的愉悅大地，以及在樹林裡肩並肩的奔跑情景。於是牠又跑進樹林裡遊蕩，但是再也沒有遇見牠的野性兄弟；即使牠機靈地傾聽著，那悲淒的長嗥也不再響起。

牠開始夜晚睡在帳棚外面，每次離開營地就是好幾天；有一次牠越過了小溪源頭的分水嶺，走下山坡進入那片森林與溪流的平原。牠在那裡逗留了一個星期，徒勞地尋找野性兄弟的蹤跡，餓了就獵殺動物來裹腹，然後踩著漫長而輕快腳步繼續前進，似乎從不感到疲累。牠來到一條會注入大海的寬廣河川裡捕捉鮭魚，就在這條河旁，牠殺死了一隻大黑熊。

這隻黑熊大概被蚊蟲弄瞎了眼睛，當時也在河裡捉魚，打鬥時衝進樹林，發出無助而又嚇人的怒吼。即便如此，巴克仍是經過一番惡鬥，這也喚起了牠最後殘存的兇猛潛能。兩天之後，牠回到殺死熊的地方，看見十多隻的狼在爲牠的戰利品爭搶不已，牠輕易地就將牠們驅散開來，潰散的狼群後方只見兩隻跑得慢的狼，也都不再爭執什麼了。

牠對血的渴望變得比以前更爲強烈。牠是一個殺手，天生的狩獵者，以獵食這些活蹦的動物爲生，牠只需憑藉一己之力，靠著自己的力量與本領，在這強敵環伺的、只有勝者才能活下來的環境中傲然生存。因爲如此，牠對自己感到非常得意，這股傲氣像傳染病似的傳遍了全身的每一處。

這股傲氣灌注在牠的一舉一動之中，表現在每一次的肌肉運作上面，明白宣示著牠的生存方式，而且讓牠的皮毛散發無比的光澤。要不是嘴邊和眼睛上方的棕色毛斑，以及胸口前一抹雪亮的白毛，牠很可能會被誤認爲一隻巨大的狼，比狼族裡最大的狼還要巨大。從父親的聖伯納血統，牠繼承了碩大的體格與重量，但是母親的牧羊犬血統卻爲牠塑造了這般的體形。牠有著像狼一般長長的口鼻，但是外形卻比任何的狼還要大；牠的腦袋更爲寬闊，就像是一個放大尺寸的狼頭。

牠的狡滑是狼的那種狡猾，而且是野性的狡猾；牠的智慧結合了牧羊犬和聖伯納的智慧；此外，牠還從最嚴酷的鍛練中獲得經驗，讓牠就像任何遨遊荒野的猛獸一樣令人生畏。成爲一隻大啖鮮肉的肉食動物，牠的精力旺盛，而且達到生命的最高峰，全身滿溢著無限的活力。當桑頓的手親切地撫摸牠的背脊，肌肉緊繃的劈啪聲隨之響起，每一根毛在觸碰時都釋放出潛在的魅力。牠全身的每一個部位，頭腦和身體，神經組織和纖維，都被調整到最佳狀態；在這些身體部位之間，又存在著完美的平衡與協調。對於眼睛看到的，耳朵聽到的，還有需要採取行動的情況，牠都能夠像閃電般快速反應。哈士奇可以快速躍起抵抗攻擊或發動攻擊，但是牠能以兩倍速度躍起。牠看到狀況，或聽到聲音，然後反應，甚至比其他狗僅僅意識到這看、這聽的動作還要迅速。牠從察覺、判斷到反應，幾乎是一瞬間就完成。

事實上，這三個是相繼的動作；但是每個動作的間隔時間是如此的微小，讓它們看起來就像是同時完成。牠的肌肉充滿元氣，因此能夠瞬間爆發，就像金屬彈簧一樣。生命的湧泉就像洪水一般浸滿全身，喜悅而狂熱，好似滿漲到一種全然忘我的境界後，便會衝破身軀傾流到這個世界。

「絕不會再見到這樣的一隻狗了。」有一天桑頓這麼說，他們正看著巴克大步走出營地。

「當牠被塑造之後，模子就被搗毀了。」皮特說。

「看在老天的份上！我也是這麼想。」漢斯附和說。

他們看著牠昂首闊步走出營地，但是他們並沒有看到，牠一走進森林遮蔽的地方後，立即發生驚人的轉變。牠不再昂首闊步。牠馬上變成一隻野性的動物，躡手躡腳地輕聲前進，踩著貓的腳步，成為掠過林蔭間的一道忽隱忽現的身影。牠知道如何善用各種掩蔽，像蛇一樣用腹部爬行，學蛇一般躍起攻擊。牠可以攫取窩巢裡的鷓鴣，殺死睡著的兔子，還可以跳到半空中，抓住那遲了一秒逃上樹的花栗鼠。

對牠而言，曠野池塘裡的魚，游得還不夠快；修補壩堤的河狸，也不算太機警。牠為了吃才獵殺，不會恣意殺戮；因為牠比較喜歡吃自己殺死的食物。因此，在牠的行為中潛藏了一種興致，牠喜歡偷偷靠近松鼠，當快要捉住牠們的時候，又刻意放牠們走，看著牠們爬到樹梢、在瀕死的恐懼下吱吱叫喊。

那一年的秋天來臨時，大量的駝鹿出現在這裡，牠們緩緩遷移到較低的山谷，躲避嚴酷的寒冬。巴克已經撂倒一頭迷路的初生小鹿，但是牠強烈地希望找到更大、更難對付的獵物。有一天，在小溪源頭的分水嶺，牠的機會來了。二十隻的駝鹿從森林與溪流的平原跨越分水嶺，帶頭的是一隻大公鹿。牠的脾氣暴燥，站起來有六呎多的高度，是一個連巴克都未曾期望的強悍敵人。公鹿前後搖擺著牠龐大的鹿角，這對鹿角有十四個分枝，最頂端環抱起來有七呎長。看見巴克的時候，牠發出猛烈的吼叫，一對小眼睛燃燒著兇惡的怒光。

公鹿的側面，就在腰腹稍前的地方，還插著一段箭尾的羽毛，這說明了牠的兇猛。在源自古老世界的狩獵本能指引下，巴克設法誘使公鹿脫離鹿群。這不是一件簡單的事。牠要在公鹿面前又蹦又叫，同時提防那對大鹿角的攻擊，還要躲避那一踢就會致命的可怕寬蹄。因爲不能轉身背對著利牙的危險繼續前進，公鹿被激得怒氣爆發。這個時候，牠會衝向巴克，而巴克就狡猾地向後退避，裝作無法逃脫的模樣引誘牠繼續向前。但是當牠這樣脫離鹿群的時候，兩三隻的年輕公鹿便會攻擊巴克的背面，讓受傷的大公鹿回到鹿群。

野生動物都有一種持久的耐性——頑固、不倦，像生命本身一樣堅持不懈——就像蜘蛛在網裡等待，蛇在纏繞獵物，豹在埋伏出擊，都可以保持不動地經過無數時間；這種耐性尤其表現在那些獵取食物的狩獵者身上；這種耐性也表現在巴克身上，牠緊跟在鹿群的兩側，阻礙牠們的行進，刺激著那些年輕公鹿，騷擾著小鹿使母鹿焦慮，迫使大公鹿失控發狂。這樣的過程持續了半天。巴克化作多個身影，從每一個方向發動攻擊，像一股恐嚇的旋風包圍鹿群，截斷受害者回到鹿群的退路，消磨掉被獵者遠比不上狩獵者的耐性。

隨著白晝逐漸退去，太陽落到西北方，黑夜再度降臨，秋天的夜晚有六個小時之長。年輕公鹿要回頭協助牠們被攻擊的領袖，顯得愈來愈勉強。即將來臨的寒冬催促著牠們趕往山下的平地，但是牠們似乎無法擺脫這個擋住去路、毫不倦怠的動物。此外，受到威脅的不是鹿群的生命，也不是年輕公鹿的生命。只有一個成員的生命被強索著，比起牠們自己的生命，那已經算是微不足道了，最後牠們決定爲這行程付出代價。

當夜幕低垂，老公鹿低頭站著，看著牠的同伴——牠曾經熟悉的那些母鹿，牠曾經做爲父親的那些小鹿，還有曾經統治的那些公鹿——踩著慌亂而快速的腳步消失在微光中。牠沒有辦法跟上，因為有著一嘴無情利牙的恐嚇者在牠面前跳躍，不讓牠走。牠的體重有一千三百磅；經過無數的搏鬥與征戰，牠曾度過很長一段強勢的日子，然而最後所要面對的，竟是死在這個腦袋不及自己粗壯膝蓋高的野獸牙齒下。

從那時候起，日以繼夜，巴克緊守著牠的獵物，不給牠任何休息的機會，也不允許牠吃任何一口樹葉或嫩芽。在牠們渡過涓流小溪時，不讓這受傷的公鹿有任何機會，去舒解牠灼熱的乾渴。牠經常在絕望之際，會突然邁開大步飛快狂奔。這個時候，巴克並不會阻擋牠，反倒是輕鬆跳躍著跟上腳步，享受這種戲耍的方式，當駝鹿站住的時候，牠就躺在旁邊，如果牠要企圖吃喝，牠就兇猛地攻擊牠。

在那鹿角下的大腦袋顯得愈來愈低垂，快跑的步伐也愈來愈虛弱。牠會停住很長的一段時間，鼻子貼著地面，耳朵沮喪地垂下；而巴克花更多時間在休息與找水喝。即使在這個時候，牠吐著鮮紅舌頭氣喘吁吁，眼睛依然直盯著大公鹿，從公鹿的眼神，牠看到自己的機會即將來臨。牠感覺到大地傳來新的騷動。當駝鹿遷徙到這塊土地，其他的動物也隨之而來。森林、溪流和空氣，似乎都因為牠們的出現而發出悸動。為牠捎來這些訊息的，不是眼睛看到、耳朵聽到或鼻子聞到，而是其他微妙的知覺。牠沒有聽到或看到任何東西，但是牠就是知道大地產生了某種變化；地面傳來那些動物的腳步和移動，於是牠決定完成眼前的這件事後，要去探究一番。

最後，到了第四天結束，牠撲倒了大公鹿。整整一天一夜都待在殺死的公鹿旁邊，不斷吃著、睡著。經過一番休息，牠恢復精神和體力，便轉過身去朝著營地與約翰・桑頓的方向。牠邁著雀躍的大步一直走著，一個小時接著一個小時，絕不會迷失在紛亂的路徑上，穿過陌生的鄉野筆直走向營地，牠十分確定方位，就連人們拿著指南針也會自嘆弗如。

當牠行進的時候，感覺大地傳來愈來愈多的騷動。那些是從外地遷徙而來的動物，不是整個夏天就待在這裡的動物。牠現在不需透過微妙的知覺或神秘的方式，便可以感知這種變化。鳥群啾啾地談論這件事，松鼠吱吱地談論這件事，連輕拂的微風也捎來了訊息。有幾次，牠停了下來，大口吸著清晨的新鮮空氣，牠讀到了一種訊息，讓牠加快腳步跑了起來。不知發生了什麼事，有一種災難臨頭的感覺壓迫著牠；當牠越過最後一道分水嶺，下到營地所在的山谷時，牠更提高了自己的警覺。

走了三哩路，牠看到一條新的雪道，令牠的鬃毛發直飄蕩著。一條雪道直直通向營地與約翰・桑頓那兒去。巴克迅速而隱密地快跑著，繃緊身上每一根神經，留意四周所有跡象所透露的細節——但還是不清楚最後的結果。循著雪道上的足跡，牠用鼻子聞著曾經走過的動物所留下的氣味。牠注意到森林是一片深邃的寂靜，松鼠則躲藏起來。牠只看見一隻、一個灰色柔滑的身軀，伏在灰色的枯樹幹上，看起來就像樹幹的一部份，一個突出的樹瘤。

巴克像一個朦朧飄邊的鬼影般潛行著，牠的鼻子猛然轉到旁邊，就像是有一股力量在拉扯牠。牠跟著新的氣味走進一處灌木叢，牠發現了尼格。牠側臥在地上，死在牠掙扎拖曳著自己身軀爬行的痕跡盡頭，身上插著一枝箭，箭頭和箭尾穿透在身體兩側。

再前進了一百碼，牠看見了一隻桑頓在道森買的雪橇狗。這隻狗躺在雪道上，是在最後的掙扎中被毆打致死，巴克繞過牠沒有停止。從營地傳來許多微弱的人聲，起起落落地吟誦著。爬行到空地的邊緣，牠看見漢斯仆倒在地，背上就像豪豬一般插滿了箭。同一時間，牠也看見營地的松枝小屋，眼前的情景讓牠的鬃毛全都豎直起來。一股無法壓抑的暴怒掃過全身。牠沒有察覺到自己在怒吼，但是牠發出了極爲兇殘可怕的怒吼。這是牠生命中最後一次，讓憤怒凌駕了狡猾與理智，全是因爲對約翰・桑頓的愛，牠失去了控制。

伊哈茲族人在松枝小屋的殘骸上載歌載舞，直到他們聽見一聲可怕的狂吼，然後看到一隻從未見過的動物朝著他們衝過來。那是巴克，一個活生生的狂暴颶風，朝著他們猛撲過來，展開瘋狂的殺戮。巴克跳到最前面的那個人身上——伊哈茲人的酋長，將他的喉嚨撕開一個大洞，斷裂的血脈立刻像湧泉般噴出鮮血。他沒有在這個人身上耽擱太久，而是快速地撕咬，一個接著一個地撕開他們的喉嚨。牠們抵擋不了巴克的攻擊。牠跳到人群中間，不斷撕咬、扯裂、殺戮，持續而又猛烈地移動著，躲過射向牠的箭矢。實際上，牠的動作是如此矯捷驚人，這些印第安人又緊密糾纏一起，他們只是用箭互相發射著；一個年輕的獵人向巴克用力投出一枝標槍，卻射中了另一個獵人的胸膛，用力之猛，標槍完全穿過身軀，飛了出去。伊哈茲人陷入萬分的驚恐，他們全都害怕地逃進森林，就像逃避惡靈一樣失聲狂叫。

巴克的確是惡魔的化身。當他們在樹林中競相奔逃時，這個惡魔憤怒地緊追在後，把他們當作駝鹿似的一個個拖倒在地。這是伊哈茲族的災難日。他們稀落地走散在森林裡，直到一個星期後，生還的人才聚集到一個較低的山谷，數著損失的人數。巴克追擊得厭煩了，於是回到荒蕪的營地。牠發現皮特躺臥在毛毯裡，他在早晨驚醒的那一刻就被殺死。而桑頓絕望的掙扎痕跡鮮明地刻畫在地上，巴克循著痕跡仔細嗅著，來到一個深水池旁邊。史基特趴在池邊，頭和前腳都浸在水裡，盡忠到最後一刻。水池裡面，因爲洗礦變得泥濘渾濁，遮蔽了深藏在池底的東西，其中包括約翰．桑頓；因爲巴克循著他的痕跡來到池邊，再也沒有他離開的痕跡。

整天裡，巴克不是在池邊沉思，就是在營地裡不停走動。死亡，就是動作停止，就是從活躍的生命中消失離去，所以牠知道約翰．桑頓死了。牠的心裡產生極大的空虛，有一點像是飢餓，但是這個空虛隱隱作痛，是沒有辦法用食物去填補的。有時候，當牠停下來注視著那些伊哈茲人的屍體，牠可以忘掉這種痛苦；在這種時候，牠感到極度的驕傲——一種牠從未體驗過的偉大驕傲。牠殺死了人類，最崇高的獵物，而且是在棍子與利牙的法則下殺死牠們。牠好奇地嗅著這些身軀。他們是如此容易被殺死。要殺死一隻哈士奇還比殺死他們來得困難。如果他們沒有弓箭、標槍和棍子，根本就不是對手。從此之後，若不是帶著弓箭、標槍和棍子，牠不再懼怕他們。

夜晚來臨，一輪滿月跨過樹頂升向天空，照亮著大地，直到它沉落在灰濛的白晝後面。隨著黑夜的到來，森林裡新的生命產生騷動，那種不同於伊哈茲人製造的騷動，讓原本在水池邊沉思的、悲傷的巴克變得活躍起來。牠站起身來，聽著聲音，嗅著鼻子。遙遠的地方傳來一個微弱而尖銳的嗥叫聲，然後許多同樣尖銳的嗥叫跟著附和。過了一會兒，嗥叫聲變得更近、更大聲了。又一次，巴克認出這個聲音，在一直留存記憶當中的另一個世界裡，牠聽過的這個聲音。牠走到空地中央聆聽。就是那個呼喚，有著許多聲調的呼喚，而且比以前更誘惑著牠，更催促著牠。以前從來沒有想過的決定，現在牠已經準備行動了。約翰・桑頓已經死了。最後的牽絆已經被切斷。對於人類的關注不再束縛住牠。

如同伊哈茲人為了食物而狩獵，狼群追擊著遷徙中的駝鹿，獵取牠們的腰腹鮮肉；最後，牠們從森林與溪流的平原跨越過來，入侵到巴克所在的山谷。走進月光灑落的空地，牠們就像湧現的銀色洪水；空地中央站著巴克，如同一尊雕像屹立不動，等待牠們到來。牠是如此碩大而靜默地站立著，讓牠們感到敬畏三分，暫時停下了腳步，直到最英勇的一隻狼向牠直撲過去。巴克快如閃電般的攻擊，立刻咬斷牠的脖子。然後牠又站著不動，就像剛才一樣，被擊倒的狼在牠耳後痛苦地翻滾著。其他三隻狼連續快速攻擊；牠們一個個被擊退，喉嚨或肩膀流著鮮血。

整個狼群被激怒得蜂擁而上，紛亂地擠在一起，急切地想要扳倒敵人，反倒讓牠們相互絆阻。巴克傑出的敏捷與迅速讓牠佔有優勢。牠抵著後腳旋轉身體，又是猛撲又是狂咬，牠可以立刻改變方向，從這一面快速轉到另一面，永遠正向迎敵，幾乎無法攻破。但是為了防範牠們從背後偷襲，牠被迫撤退，經過水池退到溪床，直到一堵高聳的碎石岸前停下腳步。牠在岸邊找到人們淘金時造出的角落，在這個角落就像大船入港，三個方向都有屏障，牠只需要正面迎敵。

優越的地勢讓牠輕鬆面對敵人，於是半個小時之後，狼群挫敗退開了。牠們的舌頭吐在外面，那些白牙在月光照射下更顯慘白。有些狼高舉著頭，耳朵向前伸直地躺在地上；有一些站著，盯著牠看；還有一些到水池邊喝起水來。有一隻瘦長的灰狼，帶著友善的態度，小心翼翼地走上前來，巴克認出牠就是那曾經一同奔跑了一天一夜的野性兄弟。牠輕聲哀訴著，巴克也哀訴著，然後相互碰了鼻子。

然後，一隻憔悴而滿身打鬥疤痕的老狼走向前來。巴克翻起嘴唇準備吼叫，但是最後還是互相嗅了一嗅鼻子。老狼隨即坐下，鼻子指向那一輪滿月，發出長長的狼嗥。其他的狼也跟著坐下，發出長嗥。現在，這個呼喚清清楚楚地呈現在巴克面前。牠坐了下來，跟著長嗥。停止嗥叫後，巴克走出牠的角落，狼群靠攏在牠周圍，用帶著一點友善、又一點野蠻的方式與牠互嗅鼻子。帶頭的狼揚起族群的吠嗚，跳躍著走進樹林。其他的狼跟在後面附和著。巴克跟著牠們一起跑，和那野性兄弟肩並著肩，跑著叫著。

巴克的故事在這裡也許可以圓滿的結束了。沒過多少年，伊哈茲人發現灰狼的血統有所改變；他們看到有一些狼的頭頂和嘴角有棕色毛斑，胸口前一抹白毛。更讓人注意的是，伊哈茲人傳說有一隻跑在狼群前頭的幽靈狗。他們很怕這隻幽靈狗，因為牠比人類還狡猾，在嚴冬時會進到他們營地偷竊，破壞他們的陷阱，殺害他們的狗，躲過他們最厲害的獵人。

不止如此，還有更可怕的傳說。有些獵人從此沒有回到營地，有些獵人被族人發現時，喉嚨早已被兇殘地撕裂開來，周圍雪地上有狼的腳印，比起任何其他狼的腳印都要來得大。每到秋天，當伊哈茲人追蹤駝鹿的行跡時，有一個山谷是他們永遠不敢進去的。婦女們圍著火堆，只要談到惡靈如何選擇了這個山谷居住下來，都會悲從中來。

每到夏天，那個山谷無論如何都會出現一個訪客，伊哈茲人不知道這件事。那是一隻碩大的，有著華麗毛皮的狼，牠有一點像，又不完全像其他的狼。牠會從那片明媚的森林平原獨自越嶺過來，下到山谷林間的一塊空地。在這兒，有一道從腐朽的鹿皮袋子裡流出的黃橙橙水痕，逐漸滲入地底，遍地的長草和表土植物逐漸將它掩蓋，遮蔽了太陽照射所散發的金黃亮光。牠會駐足沉思一會兒，然後在離開前發出一聲悲慟的長嗥。

然而，牠並非總是獨來獨往。當漫漫冬夜來臨，狼群追逐著牠們的鮮肉來到山谷時，可以看見牠跑在狼群的前頭，穿過蒼白的月光或者閃爍的極光，高高躍起在同伴之上，牠那粗壯的喉嚨咆哮著，唱出原始時代的歌曲，那正是狼群之歌。

熱愛生命

至少這一點無庸置疑——
他們嘗遍生命的顛簸；
歷經艱辛才有所獲益，
儘管已耗盡所有本錢。

他們跛著腳吃力地走下河岸，前面的那一個蹣跚步行在亂石堆中。兩個人疲乏不已，長期忍受的困境讓他們留下滿臉的堅毅倦容。沉重的毛毯行囊用繩帶扛在肩上，額頭前還頂著頭帶幫忙拉住包袱。每人帶了一枝來福槍。他們屈身彎腰地走著，肩膀用力前傾，腦袋更是向前伸，兩眼只管盯住地面。

「眞希望存放在貯藏營地的那些子彈，我們有多帶個兩發就好了。」後面的那個人說。

他的聲音乾澀而且毫無生氣。他的語氣平淡，前面的那個人沒有回應，自顧自地蹣跚踩過溢流在亂石間翻攪起泡沫的乳白溪水。

後面的那一個跟著他的腳步。儘管溪水冰冷，凍得兩腳疼痛麻木，但他們沒有脫掉鞋襪。有些地方溪水還濺到了膝蓋，讓兩個人走得更是踉蹌不穩。

後面的那個人踩到一塊光溜的卵石，腳底打滑幾乎要摔倒，還好猛力使勁才穩住了身體，而且還痛得尖叫一聲。他似乎有些頭暈目眩，轉個身子揮舞那沒有拿東西的手，彷彿想要在空中抓到東西扶著。站穩之後他繼續往前走，但是又打滑了一次差點摔倒。於是他站著不動，看著另外的那個人頭也不回的走在前面。

他站了足足一分鐘，像是在內心掙扎著。最後叫喊道：

「聽我說，比爾，我的腳踝扭傷了。」

比爾只顧搖搖晃晃地走過白沫的溪水，完全沒有回頭。後面的那個人看著他往前走，雖然依舊面無表情，但是眼神卻像一隻受了傷的鹿。

前面的那個人奮力走上對面的河岸，頭也不回地繼續向前走。站在溪裡的那個人只能乾瞪眼。他的嘴唇抽動了一下，蓬亂濃密的棕色鬍子也跟著抖動。他還不自主地伸舌頭舔了舔嘴。

「比爾！」他大聲呼喊。

這是一個受難的壯漢發出的懇求呼喊，但是比爾依然沒有回頭。溪裡的人眼看著他踩著蹣跚怪異的步伐，一瘸一拐地爬上緩坡，朝著山丘上微曦的天際線走遠。他一直看著他越過山頭消失了身影。他收回目光，慢慢地環顧四周，比爾走了，只剩下他一個人。

地平線附近的太陽昏暗悶燒，幾乎被無形的霧靄和水汽完全遮掩，看似一團朦朧的火球。他掏出錶來，把重心移往一條腿上。時間是下午四點，現在是接近七月底或八月初——他只能推測大概的日子，可能差個一、兩星期，他知道太陽的位置大約是在西北方。朝著南方看去，他知道大熊湖就在這些荒蕪山丘的後方；他也知道在這個方向上，北極圈早已穿過了加拿大荒漠，劃下北方禁地的界線。腳下踩的小溪是科珀曼河的支流，朝北繼續流向科羅內欣灣和北冰洋。他從來沒有去過那裡，只有一次在哈德遜海灣公司的地圖上看到過。

再一次環顧四周，圍繞他的可不是令人震奮的壯麗景象。到處都是平緩的天際線和低矮的山丘，沒有高樹，沒有矮叢，也沒有綠茵，什麼都沒有，只有漫無邊際的荒地，他的眼神頓時湧現恐懼。

「比爾！」他一次又一次低聲呼喚著：「比爾！」

瑟縮在白沫的溪水中，彷彿這片漫無邊際的大地正在用壓倒性的力量壓迫他，殘酷無情的氣勢似乎要將他擊垮。他開始不自主地全身顫抖，直到手上的槍掉到水裡濺起水花。這一下讓他驚醒過來。強打精神克服心中的恐懼，在溪水裡摸索找回他的槍。他將包袱吃力地挪到左肩，好讓受了傷的腳踝減輕承重。接著帶著痛苦抽搐的臉孔，小心翼翼地開始慢慢走向河岸。

他沒有停下腳步。不顧疼痛，就像發了瘋似的拼命趕上緩坡，朝著夥伴消失身影的山頭走去，比起夥伴的蹣跚搖晃，他的姿式更是怪誕滑稽。但是到了山頭，看到的是荒無一物的淺山谷。他壓抑著再度襲來的恐懼，將包袱更往左肩猛拉，踉蹌地走下坡地。

谷底是一大片濕地，表面長滿厚厚的苔鮮，像海棉一樣吸飽了水。每踏一步都會濺起水花，每次抬腳就會啪啦作響，就像是從黏稠的濕苔上奮力拔起。他跳著步伐避過一片片的青苔，又循著比爾的足跡跨越一塊塊的突岩，這些突岩就像矗立在苔海上的許多小島。

雖然是獨自一人，但他並沒有迷路。他知道再往前走會來到一個小湖，湖岸圍繞著低矮乾枯的杉木，當地人稱作「梯欽尼其里」，意思是「柴木之地」。那裡有一條小溪注入湖裡，溪水並非白沫湍急。溪中長著燈心草——這一點讓他印象深刻，四周沒有樹木，他將沿著溪水直到源頭的分水嶺，然後越過分水嶺，來到另一條向西流的小溪源頭。再沿著小溪一直走到溪水流入迪斯河的地方，可以看到一艘倒蓋著的獨木舟，上面堆滿了石塊，下面藏著他們的補給。這裡存放的子彈可以讓他的空槍重新填滿，還有釣鉤、漁線和一張小漁網——全是獵捕食物的工具。另外，還有一點點的麵粉，一片燻豬肉，以及一些豆子。

比爾會在那裡等他，然後他們會划著獨木舟，沿著迪斯河順流而下到南方的大熊湖。接著越過湖面再往南划，直到馬更些河。還要繼續往南，一直往南，乘著寒冬在後一路緊追，流水逐漸冰封，北風變得愈加刺骨以前，可以搶先到達溫暖南方的某個哈德遜海灣公司驛站，那地方樹木高聳茂密，食糧毫無匱乏。

這個人奮力向前走，心裡就這麼專注的想著。他的肉體辛苦掙扎，思緒同時也飽受煎熬，心想比爾一定不會拋下他，比爾會在獨木舟那兒等他。他得強迫自己這樣想，不然努力追趕也毫無意義了，只能躺下來等死。隨著晦暗的火球向西北方沉落，他反覆細數著自己和比爾趕在寒冬降臨前疾行南下的過程。一次又一次地，他想著獨木舟下的存糧，還有哈德遜海灣公司驛站的豐盛食物。他已經兩天沒有吃東西了，更別說是可口的大餐。他不時彎下腰去摘取苔原上的灰白漿果，塞到嘴裡嚼一嚼吞下去。這些漿果只有少許的水分，裡面一粒小籽。漿液在嘴裡立刻化盡，小籽嚼起來辛辣苦澀。雖然知道這些漿果沒有什麼營養，但撇開知識經驗不去想，他還是抱著希望耐心嚼食著。

九點鐘的時候，他的腳趾踢到突起的石塊，在極度疲困和虛弱下跌倒在地。他側身躺在地上好一會兒，完全無法動彈。接著他卸下了包袱，不怎麼靈巧地坐了起來。這時候天還不算全黑，他藉著薄暮的餘光在岩塊間摸索，撿到一些枯苔。收集了一堆之後，他升起火來——一堆煙燻悶燃的營火，然後把裝著水的白鐵壺放在火上燒著。

他打開包袱，第一件事就是數了數裡面的火柴，還有六十七根。一連數了三遍，免得弄錯。他把火柴分成幾份，都用油紙包好，將一束放在空著的菸草袋裡，另一束收在破舊帽子的內緣，第三束藏在胸口的襯衫底下。收好火柴後，突然感到一陣不安，於是又把火柴通通翻了出來，再數一遍。總共是六十七根。

他將鞋襪用火烤乾。軟皮靴濕透破爛，毛襪磨破了許多地方，兩隻腳也紅腫流血。他的腳踝陣陣抽痛，仔細一看，已經腫得和膝蓋一樣大了。他從兩張毛毯中抽出一張，撕下一邊長條緊緊包裹住腳踝。他又撕了幾個長條纏在腳上，代替襪子還可以當鞋子。他喝了壺子裡燒好的熱水，把手錶上緊發條，然後鑽進兩張毛毯裡。

他沉睡得像個死人。短暫的午夜暗空驟然掠過，太陽從東北方昇起——應該是說在那邊浮現曙光，因爲太陽被灰色的雲層遮住了。

他在六點鐘的時候醒了過來，靜靜地仰臥著。他直瞪著灰暗的天空，感覺到肚子餓了。當他用手肘撐起身子，著實被一個響亮的鼻息嚇了一跳，然後看見一頭公馴鹿機警而又好奇地凝視著他。這隻公鹿距離不過五十呎，他腦海裡立刻閃現的是火烤鹿肉的香噴滋味。他反射性地拿起那枝空槍，拉起槍栓扣下扳機。公鹿噴了噴鼻息回頭就跑，一陣嗒嗒蹄聲越過岩脊飛奔遠去。

這個人咒罵一聲，把空槍用力扔掉。他掙扎著想站起來，又痛得大聲唉叫。這是一個緩慢而又費力的動作。他的關節像生鏽的鉸鏈，骨臼的摩擦力極大、刺耳地轉動著，每一次的彎曲或伸展都要耗盡毅力才能做到。最後終於站穩了雙腳，然後又花了幾分鐘挺起腰桿，才能像樣地站直身體。

他緩緩走上一座小丘，眺望周圍景象。沒有高樹，也沒有灌木叢，放眼望去盡是一片灰色苔海，其間點綴著灰色的岩塊，幾池灰色的水汪，以及灰色的小溪。天空也是灰濛一片，看不見太陽，連個影子也見不到。他弄不清哪邊是北方，也忘了昨晚是從哪條路走來這裡。但是他知道，自己沒有迷路。不用多久就可以走到柴木之地。他直覺認爲是在左手邊不遠的某個地方，也許就在下一個山頭的後面。

回到營地，打包行囊準備上路。他確認分藏在三處的火柴都沒有弄丟，就沒有停下來再一根根去數。倒是一只圓鼓鼓的鹿皮暗袋讓他遲疑了一會兒。袋子不大，兩手一合就可以整個握住。他知道袋子重達十五磅——其他行囊加起來總共也才這個重量，這讓他困擾不已。最後把袋子擱在一邊，他開始捲起包袱。然後又停了下來，注視著塞滿的鹿皮袋子。他一把抓起袋子，用挑釁的眼神掃視四周，彷彿荒蕪的大地要從他身邊奪走袋子；當他掙扎站起，用蹣跚的步伐迎向白晝時，鹿皮袋子又已打包在行囊裡。

他扛著重重的包袱往左邊走去，不時停下來撿些苔原漿果吃。受傷的腳踝變得僵硬無比，一跛一跛拖著腳步發出聲響，但是腳踝的傷痛還比不上空腹的飢餓。難忍的刺痛不斷啃蝕著他的胃，讓他再也無法專注走向柴木之地的正確方向。苔原漿果無法平緩他的飢餓疼痛，苦澀的味道反而讓舌頭和上顎刺痛難耐。

他來到一處山谷，驚動了岩脊和苔原上大群的鷓鴣振翅亂飛，叫著咯咯的聲音。他朝著牠們丟擲石塊，但是沒辦法打中。他把包袱放到地上，就像貓抓麻雀一樣匍匐接近。尖銳的石塊割破了寬鬆的褲管，他的膝蓋在地上留下一道血痕；這點傷痛掩蓋不了飢餓的痛楚。他蠕動著身軀爬過濕濘的苔地，弄得衣服溼透，全身冰冷；他完全不在乎，一心只想塡飽肚子。但是這些鷓鴣老是在他眼前嘩啦飛走，咯咯的叫聲變得像在嘲弄他一般，最後他氣得大聲咒罵，對著牠們也咯咯地大叫起來。

有一次，他爬到一隻一定是睡著了的鷓鴣面前。他沒有看見牠，直到驚醒的鷓鴣從藏身的石塊堆裡朝著他呼嘯飛起。一陣荒亂中他伸手猛抓，只留下三根尾毛。他惡狠狠地看著牠飛走，好像鷓鴣對他做了什麼壞事。他只好回到原地，扛起包袱。

隨著時間流逝，他經過一座座的山谷與一片片的沼地，獵物也愈來愈多。眼前走過一群馴鹿，大約二十多隻，都在來福槍的射程裡面，逗得心底乾著急。他興起了無法克制的欲望，想要去追趕牠們，而且確信可以把牠們追到筋疲力竭。有一隻黑色的狐狸朝著他走來，嘴裡叼著一隻鷓鴣。他大吼一聲，發出可怕的叫喊，狐狸嚇得回頭逃竄，但是沒有丟下鷓鴣。

傍晚時分，他沿著一條小溪前進，水裡的石灰讓溪水呈現乳白色，緩緩流過幾叢稀疏的燈心草。他緊緊抓住燈心草接近根部的地方用力一拉，拔起像洋蔥般的小嫩芽，不過是一根釘子的大小。這嫩芽鮮脆多汁，牙齒一咬就嘎吱作響，看來就像美味的食物，但是纖維卻咬不斷，都是堅韌的絲條，跟漿果一樣飽含水分，一樣沒有營養。他丟下包袱，手腳並用地爬到燈心草叢裡，像牛一樣嘎吱嘎吱嚼了起來。

他已經疲累不堪，不時想要休息一下，躺下來好好睡個覺。但是他不斷強迫自己往前走，與其說是要趕到柴木之地，還不如說是受到飢餓的驅使。他在小水塘裡尋找青蛙，用指甲掘著泥土找蠕蟲，儘管知道在這麼北方的寒地根本不會有青蛙和蠕蟲。

他仔細掃視著每一個水塘，全都一無所獲。直到漫長的黃昏來臨，在一窪池子裡看到僅有的一條魚，小小的一條魚。他把一隻手臂伸進水裡，淹及肩膀，但是魚兒溜走了。接著又用雙手去撈，把池底乳白的淤泥翻攪了起來。他只顧奮力抓魚，一不小心跌了下去，浸得下半身全都濕透。池水攪得一片混濁，看不到魚在哪裡，只能等著淤泥沉澱。

捕撈重新開始，然後池水又被攪得混濁，但是不能再等下去了。他解開綁在包袱上的白鐵桶子，開始把池子裡的水舀出去。起初他瘋狂似地拼命舀，濺得自己一身濕，而且潑出去的水距離太近，全都流回池子裡。他試圖保持冷靜，更加小心地舀著，儘管胸口的心跳噗咚直響，兩手也顫抖不已。大約經過半個小時，池子差不多舀乾了，剩下不到一滿杯的水，但是裡面沒有魚。他在石頭堆裡看見一道縫隙，魚兒一定是從這裡逃走，游到旁邊更大的池子去了——那個大池子一天一夜都舀不完。如果他早發現這道縫隙，一開始就可以先用石塊把它封住，現在魚兒也該到手了。

一想到這裡，他就全身發軟、跌坐在濕濘的泥巴地上。剛開始只是低聲啜泣，然後便對著周遭無情的荒野放聲悲鳴；後來又抽搐著身軀大聲嗚咽，久久才能平撫。

他升起營火，喝了些熱水暖暖身，然後像昨夜一樣在一道岩脊上露宿。睡前做的最後一件事是檢查火柴有沒有弄濕，然後將錶上好發條。毛毯又濕又冷，受傷的腳踝隨著脈搏陣陣發痛。但是他滿腦子只想著食物，整夜因爲飢餓不得安眠，還不時夢見美食盛宴，各式佳餚源源不絕。

一覺醒來，他全身凍僵而酸痛。看不到太陽，大地天空變得更加陰暗、更爲深邃。這時候天吹起濕冷的寒風，冬天的第一場雪悄然飄下，座座山頭都被染成灰白。他升起一堆火，又燒了些熱水，這時候周圍的空氣變得更爲濕沉，白茫茫的一片。天上降著半雨半雪，雪花又大又濕，原本落在地上會立刻融化，但是隨著降雪愈多，漸漸覆滿大地，澆熄了他的營火，備作柴料的枯苔蘚也全都打濕報廢。

這是一個警訊，他扛起包袱，踉蹌地向前趕路，即使已經搞不清楚方向。他不再掛念柴火之地，也不惦記比爾和迪斯河畔的獨木舟，滿心想著一個「吃」字。他眞的是餓壞了。他完全不管前進的方向，只要能走出這片無盡的低窪沼地。他在濕漉漉的雪地上探著腳步尋找苔原漿果，摸索著積雪下的燈心草根將它拔起。這些索然無味的東西實在沒有辦法解饞。他找到一種帶點兒酸味的野草，然後把能夠採到的都吃了下肚，數量不多，因爲這些蔓生在地面的野草，早就掩蓋在好幾吋厚的積雪下。

這一晚沒有辦法升火，也沒有熱水可喝，他蜷曲到毛毯下入睡，飢腸轆轆又半夢半醒的一夜。天上的降雪停了，變成冰冷的雨絲。他不時醒來，感覺雨滴打在仰臥的臉龐上。天亮了，又是沒有太陽的灰濛濛早晨。這時候雨已停歇。飢餓的感覺已經消退，渴望食物的衝動已經消耗殆盡。胃在隱隱作痛，倒也不再那麼困擾著他。心智變得比較冷靜，他再次將注意力放在柴木之地和迪斯河畔的獨木舟上。

他把剩下的那張毛毯也撕成長條，將滲血的雙腳裹好，再綁緊受傷的腳踝，爲這天的路程作好準備。當他開始打包行囊時，又停下來瞪著圓鼓的鹿皮袋子看了好久，最後還是將它帶著。

積雪已被雨水溶化，只剩山丘頂上還有一片白。太陽出來了，他總算能夠確定方向，不過現在他知道自己已經迷了路。也許，在前一天的慌亂當中，他的路線向左邊偏離太遠。於是他又朝右邊一點走，好修正可能偏離的方向。

雖然飢餓的痛楚不再那麼強烈，但他明白自己非常虛弱。撿拾漿果和拔取燈心草時，不得不經常停下來歇口氣。他的舌頭感覺又乾又腫，就像覆蓋了一層纖細的茸毛，嚐起來苦苦的味道。他的心臟也是個大麻煩，走不了幾分鐘就噗咚噗咚地直響，接著快速的跳動變成痛苦的顫動，弄得他喘不過氣來，只覺得一陣頭暈目眩。

正午時分，他在一個大水池裡看見兩尾鰷魚。水池不可能舀乾，不過這一回他比較沉著，設法用白鐵桶子把魚撈起。魚兒只有小指那麼大，他倒也不覺得特別餓。胃的悶痛愈加緩和，逐漸消退，似乎胃也昏睡了過去。他生吃了兩尾魚，放在嘴裡細細咀嚼，吃已經變成完全理性的動作。雖然失去對食物的渴望，但他知道必須要吃才能活命。

傍晚時他又捉到三尾魚，吃了兩尾，留下第三尾當作早餐。太陽曬乾了幾片零星的苔蘚，讓他可以升火燒水熱熱身子。這天他走不到十哩路；第二天趁著心藏還能負荷的時候，只走了不到五哩路。倒是胃沒有再煩擾著他，似乎早已沉睡下去。他來到一處陌生之地，馴鹿愈來愈多，狼也不少。犀利的狼嗥經常響徹整片荒野，有一次他還看見三隻狼從面前潛行而過。

又過了一夜，第二天早晨他變得更加理性，拿起那個圓鼓的鹿皮袋子，解開繫著袋口的皮繩，粗金砂和金塊如同一道黃色瀑溪傾流而下。他把金子大致分成兩份，一份用一塊毯子包好，藏在一道凸起的岩架上，再把另一份放回袋子。他開始撕著剩下的那張毯子來包裹雙腳。槍還是帶著，因爲迪斯河畔有儲備的子彈。

這一天起了濃霧，沉睡的飢餓再度甦醒過來。他感到非常虛弱，頭暈目眩一直折磨著他，不時暈得眼前一片漆黑。這時候絆腳跌跤是稀鬆平常的事，有一次他不偏不倚就跌在一個鷓鴣巢上。巢裡剛孵出的四隻鷓鴣才出生一天——這些悸動的小肉球只夠吃一口，他把雛鳥活生生地塞進口裡，像咬碎蛋殼般咀嚼了起來，狼吞虎嚥地吃下肚。這時母鷓鴣過來啾啾狂叫對他猛啄。他拿起來福槍朝牠敲下去，但是鷓鴣躲開了。他又撿起石塊朝牠一輪猛砸，打傷了一邊的翅膀。鷓鴣揮撲著雙翼，拖著那隻受傷的翅膀逃走，他就在後面追。

那幾隻吞下肚的雛鳥正好激起了他的食慾。他抬起受傷的腳踝，用一隻腳蹬啊蹬地在後面笨拙地追趕，不時拿起石塊丟擲，還發出幾聲刺耳的嘶吼；有時候又緊咬牙根地蹬啊蹬，摔倒了，毅力不撓地爬了起來，頭暈了，用手猛力搓揉眼睛。

就這麼追逐穿越山谷底的沼澤，他突然在濕苔蘚上發現了一些腳印。這不是自己的腳印──至少這一點他看得出來。一定是比爾留下的足跡。但是這時候不能停下來，鷓鴣還在繼續跑。他得先抓到鷓鴣，再回來仔細瞧瞧這些腳印。

他把母鷓鴣追得精疲力竭，自己也好不到哪裡。鷓鴣翻了身子氣喘吁吁，他也側著身體喘個不停。中間隔了十多呎，搆不著鷓鴣。當他回過神來，鷓鴣也恢復了力氣，他饑渴地伸手奮力一抓，鷓鴣飛撲地逃開了。一場追逐又重新開始。當夜幕來臨，母鷓鴣還是逃走了。他疲累得跌跌撞撞，一頭栽向地面，劃破臉頰，包袱還壓在背上。他動也不動地趴在地上好一會兒。然後側過身來，把手錶上好發條，就這麼躺到天明。

這一天還是起霧。剩下的一張毯子已經撕掉一半去包裹雙腳。他沒辦法找到比爾的足跡。不過沒有關係，飢餓的感覺已經佔據所有的心志，只是，他納悶著比爾是否也迷路了。到了中午時分，沉重的包袱實在無法負荷。他再次將金子對分，不過這次直接就把一半的金子倒在地上。到了下午，他把剩下的金子也扔了，只留下半張毯子，一個白鐵桶，還有他的來福槍。

他開始產生幻覺。他相信自己還有一發子彈留在槍膛裡，只是一直忘了。另一方面他又清楚地知道，槍膛裡是空的。但是幻覺揮之不去，心裡交戰了好幾個小時，最後他拉開膛栓，槍膛的確是空的。失望之情油然而生，他眞的希望能看見一發子彈。

他拖著沉重的腳步走了半小時，然後幻覺又出現了。他的心裡再次交戰，而幻覺依然揮之不去，最後爲了要擺脫這番折磨，他打開著槍膛，讓自己不再胡思亂想。有時候，他的思緒不知遊走何方，只是踏著機械的步伐，一些古怪的念頭和想法就像蠕蟲一般直往腦子裡鑽。但是每次這些念頭不一會兒功夫就會消散，因爲飢餓的痛楚總是將他拉回現實。在一次神遊的時候，眼前的景象讓他猛然驚醒，差一點兒跌坐在地。霎時間他覺得天旋地轉，像個醉漢般搖搖晃晃地努力保持平衡。面前站著一匹馬，活生生的一匹馬！他不相信自己的眼睛。四周飄著濃霧，眼睛直冒金星。他用力搓一搓眼睛，然後定神一看，那不是馬，卻是一頭大棕熊。這隻野獸滿懷敵意又好奇地打量著他。

這個人把槍舉到一半，才想到已經沒有子彈。他放下槍，從繫在屁股後的鑲珠刀鞘抽出獵刀。在面前的可是救命的鮮肉。他用手指滑過刀刃，確定刀子尖銳而鋒利。他打算猛撲過去殺死棕熊。但是他的胸口又開始噗咚噗咚發出警訊，心藏的狂野猛跳有如疾鼓般的顫動，額頭就像被鐵箍緊緊箍住，一陣昏眩直竄腦門。

強烈的恐懼洶湧而來，驅散了原本孤注一擲的勇氣。他已經疲累不堪，萬一這野獸向他撲來怎麼辦？他儘量站挺身子虛張聲勢，握緊獵刀惡狠狠盯著那頭熊。熊晃頭晃腦向前走了幾步，立起身軀試探地咆哮一聲。人只要跑，牠就會追；但是這個人沒有跑。他因爲恐懼而激發了勇氣。他也跟著咆哮，凶猛可怕的聲音，發自於與生俱來的、糾纏在生命根源的恐懼。

眼前這個直挺站立、毫不退縮的古怪動物，讓棕熊著實感到驚慌，牠慢慢往一旁離開，不斷威嚇咆哮著。人還是動也不動，站著就像一尊雕像，等到危險過去了，他立刻顫抖不已，癱倒在濕苔地上。

他重新站了起來，繼續往下走，現在要擔心的是另一件事了。那就是他不是因爲沒有食物而被餓死，而是在飢餓耗盡他最後一絲求生的氣力之前，自己就先被野獸吃掉了。這裡到處是狼，牠們的嗥叫聲迴盪在荒野，將大氣編織成可怕的布幕，如同隨風飄降的帳篷凌空蓋頂，伸手可觸。

這些狼三五成群，不時從眼前經過，但是看到他則避而遠之。也許是因為牠們數量不夠多，而且想要尋找的是馴鹿這種不會激烈反抗的獵物，這個直挺行走的陌生動物，也許會又抓又咬呢。

暗夜將近，他發現狼群獵食留下的一堆骸骨。一個小時以前，這堆殘骸還是生氣勃勃活蹦亂叫的一隻小鹿。他細細端詳這堆骨頭，都被啃個精光、舔到泛白，只留著些許尚未壞死的粉紅筋膜。也許天黑之前，他就會落得這般遭遇！這不就是生命，瞬息即逝？只有活著會感到痛楚。死亡沒有痛楚，死亡只是沉睡，只代表著停止與安息。那麼他為何不心甘情願地接受死亡？

沒有在這個問題上琢磨太久，他在苔蘚地上蹲了下去，撿起一根骨頭放進嘴裡，吸吮著那僅存一絲鮮味的泛紅筋膜。那淺淺的腥香滋味幾乎已是朦朧的記憶，讓他頓時著了魔。他開始啃著骨頭，嘎吱嘎吱嚼著，嚼碎了骨頭，也咬崩了牙齒。於是他用石塊敲碎骨頭，搗爛成泥，囫圇吞了下去。一陣倉促亂搗時也砸中了自己的手指。這一刻讓他大感驚訝，被石頭砸到的手指，竟然不怎麼感覺到痛。

接著幾天都是雨雪交加的惡劣天氣。他不清楚自己何時紮營、又何時拔營。白天趕路，晚上也趕路。跌倒了就停下休息，當垂死的生命再度閃現一絲火花時，就繼續掙扎前進。他，外表看來是個人形，但也不再力圖奮鬥。這時候是拒絕死亡的生命力在驅使自己前進。他不再感到痛苦，神經已經遲鈍麻木，腦子裡充滿怪誕的幻影和美妙的夢境。

他不斷吸吮、嚼食著搗碎的小鹿殘骨，這是他儘可能收集起來帶上路的。他不再翻山越嶺，而是無意識地沿著廣闊淺谷中的一條小河前進。他的視線並非注視著這條小河，或者這片山谷，他的眼底盡是幻影。靈魂與身軀並肩漫步，若即若離，兩者的牽連猶如細絲。

一覺醒來恢復了意識，他正躺在一道岩脊上。太陽耀眼而溫暖，遠處傳來小鹿的啼叫聲。他依稀記得風雨大雪的景象，但是到底被這場風暴衝擊了兩天或者兩個星期，就完全記不起來了。

他動也不動地躺了好一會兒。和煦的陽光灑在身上，一股暖意平撫了肉體的創痛。眞是個好天氣，他心裡這麼想著。也許可以想辦法確定自己的方位。他忍著痛側過身來，下面是一條寬廣緩流的河。這條陌生的河讓他感到迷惑，沿著流水慢慢放眼望去，只見河面蜿蜒在荒涼光禿的丘陵地間，他從來沒有見過這麼荒涼、這麼光禿而低矮的丘陵地。沒有激動的情緒，也不感任何興趣，他的目光從容不迫地順著河水朝向天際，看它注入一片閃耀的大海。他依然維持平靜。他心裡想著，這眞是非比尋常，一定是幻影或者海市蜃樓，應該是幻影，絕對是神智錯亂在作怪。他是如此肯定，因爲眼前的大海還停泊了一艘船。他把眼睛閉上一會兒，然後睜開。奇怪的是這幻影居然還在！若這是幻影倒也不稀奇。他知道在這一片荒涼野地裡，既不會有海，更不會有船，就像他知道那枝空槍裡其實沒有子彈。

他聽到身後傳來一聲鼻息——就像倒吸一口氣或者乾咳。他的身體實在疲弱而且僵硬，只能非常遲緩地翻轉到另一側。眼前看不出任何動靜，但是他耐心等待。接著又是一聲倒吸和乾咳，然後在不到二十呎的距離外，他看到兩塊岩石間隱約露出一個灰狼的腦袋。尖尖的耳朵不像他看過其他的狼那般豎得挺直；兩眼無神而且佈滿血絲，腦袋有氣無力低垂著。牠被陽光射得不斷眨眼，看起來是有病。這個人瞪著牠，然後又是一聲倒吸與乾咳。

至少，眼前的狼是眞實的，他心裡想，然後又翻轉到另一側，倒要看看剛才被幻影遮蔽的眞實景象。遠方仍是一片閃耀的大海，那艘船依舊清晰可見。終究，眼前的一切是眞實的嗎？他閉上眼睛思索許久，終於想通了。原來他一直是朝北偏東走，早已偏離迪斯河的匯流處，走到科珀曼山谷。這條寬廣緩流的是科珀曼河，這片閃耀大海就是北冰洋。那是一艘捕鯨船，本來應該前往馬更些河口的，看來也迷失了方向，太偏東了，現在正停泊在科羅內欣灣上。他想起好久以前在哈德遜海灣公司看過的地圖，這一切就變得明朗、說得過去了。

他坐了起來，集中精神思考目前的處境。用來包裹的毛毯已經磨破，雙腳早已皮開肉綻。剩下的那張毛毯已經用完，來福槍和獵刀也都弄丟了。帽子早已遺失，放在內緣的火柴也跟著沒了。不過藏在胸口的火柴還在，沒有打濕，好端端地包在油紙和菸草袋裡。他看了看錶，指在十一點鐘，而且錶還在走。顯然他一直有記得上發條。

他維持冷靜與鎮定。雖然極度疲累，但是感覺不到痛楚，也感覺不到飢餓，甚至想到食物也不再讓他感到興奮，現在的一舉一動都是理智在操控著。他撕掉膝蓋以下的半截褲管，用來包裹雙腳。不知怎麼的，那個白鐵桶倒是一直留在身邊。現在可以喝些熱水，然後開始走向那艘船，他估計這將是一段艱苦的路程。

他的動作遲緩，身體像中風般抖個不停。當他開始收集枯苔蘚準備升火，發現根本抬不起雙腳。他試了又試，最後只好用雙手和膝蓋在地上爬。有一次爬近那隻病狼，牠不情願地拖著身子閃到一旁，同時用那幾乎無力捲曲的舌頭舔著臉頰。這個人注意到狼的舌頭不是一般健康的紅色，而是黃褐色，表面覆著一層半乾而粗糙的黏膜。

喝過一些熱水，他發現自己能夠站了起來，甚至開始像垂死的人一般搖晃地向前走。每隔幾分鐘就得停下來歇口氣，虛弱的腳步走得東倒西歪，那隻狼跟在後面也是這般一跛一拐。到了晚上，那片閃耀的海水沒入黑暗的夜色時，他知道自己朝大海走了才不到四哩路。

整個晚上，他都聽著病狼的乾咳聲，不時還傳來小鹿的啼叫聲。他的周圍充滿生氣，然而那些是蓬勃的生命，活力十足的生命。他也知道，病狼緊跟著自己虛弱的足跡，就是希望等到他先死。第二天早晨，當他睜開眼睛，看到這隻狼用飢渴而期待的眼神看著他。牠夾著尾巴蹲伏著，就像一隻悲苦慘澹的狗。牠在清晨的冷風中瑟縮顫抖，當人用粗啞的嗓音有氣無力地對牠叫喝著，狼就無精打采地齜牙回敬。

明亮的太陽昇起，整個上午這個人跌跌撞撞地朝著海上的那艘船前進。天氣如此美好，這是高緯度地帶短暫的宜人氣候。這樣的天氣或許可以持續一個星期。明天，或者再過一天，說不定就會變天了。

這天下午，他看到一些痕跡。這是另外一個人手腳並用爬行的痕跡，不是步行的足跡。心想這個人可能是比爾，但是他已經毫不在乎。事實上，他的感覺和情緒早已消磨殆盡。他不再被疼痛影響心智，胃和神經都已睡死。然而內在的生命力一直驅使著他前進。他的身體是疲乏的，但是生命拒絕向死亡低頭。因為生命的頑強，所以他一直嚼食漿果、生吞小魚、喝著熱水，提防那隻狼。

他循著那個人獨自爬行的痕跡往前走，不用多久就停了下來——幾塊剛被啃食的骨頭，周圍的濕苔地上留著許多狼的腳印。他看到一個圓鼓的鹿皮袋子，就跟自己的一模一樣，但是已經被銳利的牙齒撕裂。他把袋子撿起來，沉重得讓他虛弱的手指幾乎抓不住。哈，哈！比爾直到最後還是沒有把它扔掉。現在輪到他來嘲笑比爾。他活了下來，而且要帶著這個袋子走向大海上的那艘船。他的笑聲嘶啞又嚇人，就像烏鴉呱呱噪啼，那隻病狼也無厘頭地跟著嗥叫起來。他突然又停住了笑聲。如果這就是比爾，這些被啃得精光、帶著一絲血跡的慘白骨骸就是比爾，他怎麼能如此嘲笑？

他轉身離開。的確，比爾曾經拋下他；但是他不會拿走比爾的金子，也不會吸吮比爾的骨骸。也許，換成比爾就會這麼做，他若有所思地繼續蹣跚走下去。

他來到一個水塘旁邊。彎下腰準備尋找鰷魚時，腦袋猛然往後一仰，就像被針刺到似的。他在水中看見自己的倒影。那副模樣實在可怕，讓沉睡已久的知覺立刻驚醒，大感震撼。水塘裡有三尾鰷魚，水塘實在太大，不可能舀乾；他用白鐵桶子試了幾次，都沒有辦法撈到魚，就放棄了。因爲身體太虛弱了，他害怕掉進水塘溺死。同樣的原因，讓他決定不要攀上河灘沙地上的一排浮木漂流向海。

這一天，他朝著大海上的船走了三哩；第二天只前進了二哩，因為他開始像比爾一樣手腳並用地爬行。到了第五天結束時，船離他還有七哩的距離，而他一天甚至前進不到一哩。宜人的氣候持續著，他也繼續賣力爬行、又不時昏厥過去，不斷這樣反覆著；而病狼的乾咳與喘息，始終跟隨在後。他的膝蓋已經像雙腳一般皮開肉綻，雖然脫了襯衫墊在膝下，苔蘚地和石塊上依然留下一道血紅的痕跡。

有一次他回頭看，正好看到那隻狼饑渴地舔著他的血跡，猛然之間他似乎看到自己最後的下場，除非……除非他可以先殺死狼。於是，一幕空前嚴峻的生存競賽開始上演——奄奄一息的人掙扎爬行，氣若游絲的狼一瘸一拐，荒野上兩個拖曳的垂死身軀，正不斷伺機獵殺對方。

如果這是一隻健壯的狼，倒也就認命了；但是一想到被那隻病入膏肓的醜陋傢伙給吞下肚，就讓他感到極度厭惡。在這方面他還是很講究的。這時候他的精神又陷入錯亂，腦子裡的各種幻覺糾纏不清，意識清楚的時刻愈來愈少，也維持得愈來愈短。

有一次，耳邊的喘息聲把他從昏迷中驚醒，正好看到那隻狼倉皇地轉身竄逃，疲弱的身軀還一個踉蹌摔倒在地。那模樣眞是滑稽，但是他不覺得好笑。他甚至不覺得害怕，因爲已經無法感覺害怕。不過這一刻他的意識清晰，於是躺在那裡思量。那艘船距離不到四哩。揉一揉朦朧的眼睛，船看得一清二楚，還可以看到一艘小艇揚起白帆劃過耀眼的海面。但是他再也沒有辦法爬完最後的四哩。他心裡明白，而且非常平靜。

他知道自己連半哩都爬不到，然而他想要活下去。在歷經千辛萬苦後，沒有理由要死在這裡。命運對他太過苛求了。雖然已經奄奄一息，還是不願就此罷手。也許看似完全的瘋狂，但是死到臨頭，他依然拼命抵抗、拒絕死亡。

他閉上眼睛，非常謹慎地讓自己冷靜下來。令人窒息的倦怠如波濤般洶湧而來，他強打精神讓自己不至滅頂。這種要命的倦怠酷似無情大海，翻漲的浪潮逐漸淹沒他的意識。有時候他載浮載沉，只能晃盪著身軀隨波逐流；接著，似乎得到某種神奇的力量，他又找回一絲的毅力，開始奮力向前划水。

他動也不動地躺著，然後聽到病狼喘鳴的鼻息，慢慢地由遠而近。那聲音靠近了一點，更近了一點，經過極爲漫長的時間，他還是動也不動。聲音到了耳邊。那粗糙乾燥的舌頭就像砂紙一樣，在他臉頰上磨蹭。他猛力伸手——至少他心裡是這麼想。但是他的手指彎曲得就像鳥爪，什麼都沒有抓到。迅速確實的動作需要力量，而他已經沒有這種力量。

狼的耐性十足可怕，人的耐性也不遑多讓。這麼一動不動就躺了半天，他竭力保持清醒，等待著要來吃他的野獸，那隻他也一心想要吃掉的野獸。有時他被睏倦的潮水淹沒，陷入長長的夢境；即使是半夢半醒間，他仍然等著那喘鳴的鼻息和粗糙的舌頭。

他沒有聽到喘息聲。從夢境中慢慢清醒過來時，他感覺到那舌頭在舔自己的手。他耐心等著。狼牙輕輕地咬住，愈闔愈緊；牠用僅存的力氣把牙齒咬進等待許久的食物。人也等待這一刻，他用被咬傷的手抓住狼的雙顎。狼虛弱地掙扎著，人的手無力地緊握著，另一隻手也慢慢伸過來幫忙扣住。

五分鐘後，人用身體的全部重量壓在狼身上。他的手沒有足夠的力氣勒死狼，於是把臉湊向狼的喉嚨，咬得滿嘴狼毛。過了半個小時，他感覺到一絲溫熱的液體流進喉嚨。這滋味實在難受，就像把熔化的鉛灌進胃裡，而且得強迫自己這麼做。然後，他翻過身來躺在地上，睡死過去。

「貝德福號」捕鯨船上有幾個進行考察的科學家，他們在甲板上看到海岸有一個奇怪的東西。那東西正從海灘往水邊移動。他們無法辨識這個東西，基於科學考察的好奇，他們踏上了繫在船邊的白帆小艇，決定駛往海灘探個究竟。他們看到的是一個活的東西，但是幾乎不成人形。這東西雙眼失明，沒有意識。它像一隻龐大的蠕蟲在地上移動。儘管它的努力不怎麼管用，依然堅持一曲一扭，以每小時一呎的速度前進。

三個星期後，這個人躺在「貝德福號」捕鯨船的一個床鋪上，潸然淚下地訴說著自己的身份和遭遇。偶爾還口齒不清、語無倫次地談起自己的母親，談起陽光明媚的南加州，還有圍繞在果園與花叢之中的家園。

沒過多少天，他就和科學家及船員們一起坐在桌前用餐。他貪婪地看著豐盛的食物，又焦慮地看著食物送進別人嘴裡。他們每吃下一口，他的眼神就透露出一種深切的遺憾。他的神志清醒，然而到了用餐時刻就會厭恨這些人。他一直有著食物耗盡的恐懼。他向廚師打聽，又向服務員打聽，還向船長打聽，船上的存糧剩下多少。他們無數次地要他放心，但是他不相信他們，於是他伺機溜到貯藏室，一定要親眼瞧瞧。

這個人的體態明顯發福，日復一日變得更加肥胖。科學家們個個搖頭研究著。他們限制他的食量，但是腰圍依然不斷變粗，襯衫被撐得異常腫脹。

船員們都咧嘴暗笑，他們知道是怎麼一回事。當科學家們觀察他的行爲，終於弄明白了。他們看到這個人吃完早餐後，沒精打采走出去，像乞丐似的對著一個船員伸出手。船員露齒微笑，給了他一塊硬麵包。他貪婪地緊抓在手裡，就像守財奴看到金子一樣瞪著它，然後塞到襯衫胸口裡。其他的船員也都是如此賞他一塊硬麵包。

科學家們低調行事。他們沒有打擾他，但是暗中檢視他的床鋪。鋪蓋下整齊排著一列列的硬麵包，褥墊裡塞滿了硬麵包，每一個角落和縫隙都塞滿了硬麵包。他的神志是清醒的，只是飢餓的恐懼讓他預作防範，如此而已。科學家們說他可以慢慢恢復正常。的確，當「貝福德號」還沒有到達舊金山灣下錨停泊以前，他就恢復正常了。

國家圖書館出版品預行編目資料

野性的呼喚／傑克．倫敦著；林捷逸譯.
—— 二版. ——臺中市　：好讀, 2022.11
面：　公分，——（典藏經典；46）

譯自：The call of the wild

ISBN 978-986-178-637-7（平裝）

874.57　　111016608

好讀出版

典藏經典46

野性的呼喚（另收錄巴塔、熱愛生命）

原　　著／傑克．倫敦
翻　　譯／林捷逸
總 編 輯／鄧茵茵
文字編輯／莊銘桓
行銷企劃／劉恩綺
發行所／好讀出版有限公司
台中市 407 西屯區工業 30 路 1 號
台中市 407 西屯區大有街 13 號（編輯部）
TEL:04-23157795 FAX:04-23144188 http://howdo.morningstar.com.tw
（如對本書編輯或內容有意見，請來電或上網告訴我們）
法律顧問　陳思成律師

線上讀者回函
獲得好讀資訊

讀者服務專線／ TEL：02-23672044 / 04-23595819#230
讀者傳眞專線／ FAX：02-23635741 / 04-23595493
讀者專用信箱／ E-mail：service@morningstar.com.tw
網路書店／ http : //www.morningstar.com.tw
郵政劃撥／ 15060393（知己圖書股份有限公司）
印刷／上好印刷股份有限公司
如有破損或裝訂錯誤，請寄回知己圖書更換

二版／西元2022年11月1日
定價：250元
如有破損或裝訂錯誤，請寄回知己圖書更換

Published by How-Do Publishing Co., Ltd.
2022 Printed in Taiwan

ISBN 978-986-178-637-7